O meu amante de domingo

© Alexandra Lucas Coelho, 2014
© Bazar do Tempo, 2021

Todos os direitos reservados e protegidos pela lei n. 9610, de 12.2.1998.
Proibida a reprodução total ou parcial sem a expressa anuência da editora.

Respeitou-se neste livro a grafia original da autora.

Edição Ana Cecilia Impellizieri Martins
Assistente editorial Clarice Goulart
Revisão Rosemary Zuanetti
Projeto gráfico e capa Bloco Gráfico
Imagem da capa e p. 159 David Galasse

Edição apoiada pela Direção-Geral do Livro, dos Arquivos e das Bibliotecas / Portugal.

(CIP-BRASIL) CATALOGAÇÃO NA PUBLICAÇÃO
SINDICATO NACIONAL DOS EDITORES DE LIVROS, RJ

C614m

Coelho, Alexandra Lucas [1967-]
    O meu amante de domingo / Alexandra Lucas Coelho.
1ª ed., Rio de Janeiro: Bazar do Tempo, 2021
160 p.; 21 cm

ISBN 978-65-86719-86-4

1.Romance português. I.Título.

21-74518   CDD: P869.3
                               CDU: 82-31(469)

Camila Donis Hartmann - Bibliotecária CRB-7/6472
17/11/2021   19/11/2021

Rua General Dionísio, 53, Humaitá
22271-050 – Rio de Janeiro – RJ
contato@bazardotempo.com.br
www.bazardotempo.com.br

O MEU AMANTE DE DOMINGO

ALEXANDRA LUCAS COELHO

BAZAR DO TEMPO

Muito difícil negociar com esse tipo de mulher.

ULISSES

Para o Changuito, que disse: dá-le

*Para a Maria Mendes,
que leu Nelson Rodrigues aos treze anos*

A avaria 9
Nelson Rodrigues encontra o cão 13
O mecânico iminente 17
Como dizer *você* na cama 21
Observação do volume 25
Menina e Moça 29
Nêsperas em Maio 33
Entra o caubói 37
Um beijo no Paço 41
Quem sabe, escrever 47
Euclidiana 49
Uma agulha no DNA 53
O futuro Nobel 57
A ruiva com o revólver 61
Cântico do cabrito 65
PAHHHHHH! 69
Isto não é sobre amor 75
O livro vindo 81
Anunciação 83
Está a falar comigo? 91
***Flashback* de um engate** 93
O meu estilo é costas 97
Diálogo com a caveira 101

Poema sumério 103
Assassina em série 105
Balzaquiana 107
Nada nos aproxima tanto 111
Além-túmulo 113
Os maus sentimentos 115
Tudo o que havia a ver 119
Apolo na piscina 121
Hammam 123
A vuvuzela da verosimilhança 125
Dia perfeito para um motel 127
Revista do coração do meio literário 131
O dedo na ferida 133
E essa foi a última conversa que tivemos 135
A rapariga de trinta anos 139
Insónia 141
Até ao toucinho 145
O olho do louco 147
A melhor vingança 151
The End 155

Referências e agradecimentos 157

capítulo I

A AVARIA

O meu amante de domingo fez uma tatuagem na cadeia. É a cara de uma santa, no peito oposto ao do coração. Ele tem peitos duros, pontudos, ela está entre o mamilo e a axila, quando ele baixa os braços é como se a protegesse. A cadeia foi por abandono da Porta de Armas, o abandono da Porta de Armas por causa de uma mulher. Basicamente, ele largou tudo para foder.

Ele diz *póssamos, vareia (isso vareia...)*. Completou quatro anos de escolaridade, há quarenta anos. Temos a mesma idade, ele no litoral, eu no interior.

Cheguei ao interior em Março, um gelo do caraças. Os alentejanos, lacónicos: *Vai ver no calor*. Estamos em Junho, estou a ver, mas difícil é não haver mar. Nunca tinha morado a mais de cem quilómetros do mar, mais de cem quilómetros em qualquer direcção. Em Portugal, isso é meio caminho antes que o país acabe. Mais cem quilómetros para dentro, e fortes, fortins, fortalezas, baluartes de contrabandistas ainda no tempo em que o meu amante de domingo e eu andávamos na escola, ao contrário de hoje, ele no interior, eu no litoral. Com tudo o que nos separa, provável mesmo era não nos conhecermos. Mas neste futuro de toda a utopia alguns doutorados ainda têm carro, pelo menos uma carcaça, e os carros avariam-se em qualquer lugar, sobretudo as carcaças. Foi assim que há uma semana conheci o meu amante de domingo.

Todos os domingos vou a Lisboa, folga das revisões, e agora para não dar um tiro nos cornos ou atirar com o jipe. No primeiro domingo depois de o caubói estrear o texto pensei nisso a cada curva. Ao segundo domingo já pensei melhor: dar um tiro nos cornos *dele*, atirar o jipe para cima *dele*. Um Lada Niva de 1994 nas trombas, não sobrava muito, massa de pimentão de filho da puta tenrinho.

Ia eu nisto, a sair da A6 para a A12, ali ao largo do Pinhal Novo, quando o capô começou a deitar fumo. Encostei, nove da manhã de domingo, foda-se. O homem do reboque demorou uma hora a chegar mas tinha um amigo mecânico na Bobadela que talvez pudesse dar uma vista de olhos. Ligou ao amigo, ele respondeu que sim senhor. Lá fui para a Bobadela à hora a que já estaria no centro de Lisboa a nadar, apurando a cada braçada o sofrimento mais adequado a um filho da puta criativo. Roda? Garrote? Esmagamento por pata de elefante? A vingança é muito subestimada até se manifestar, hoje sei que somos todos portadores, como um vírus à espera de oportunidade. Nisto, o reboque estacionou à porta da oficina, o mecânico abriu, olhou a direito, apertou-me a mão e hormonas, feromonas, neurotransmissores alteraram a rota dos planetas, ou terá sido aquele sorriso de esguelha que me fez pensar no cabrão do caubói, além de que o primeiro nome era igual?

Era um tubo roto mais o radiador furado, disse o meu futuro amante de domingo. Não ia conseguir resolver tudo até ao almoço, hora a que saía da oficina, mas pelas onze horas de segunda o jipe já devia estar pronto. Veja lá, disse eu, tratando-o pelo primeiro nome, tenho de voltar ao Alentejo amanhã de manhã, no máximo. Tem a minha palavra, garantiu ele solene, olhando a direito, e tratou-me pelo primeiro nome.

Portanto, nunca nos tratámos por senhor isto, dona aquilo, mas por você, desde o começo.

Espoliada do jipe, deixei a Bobadela de táxi e transpus o norte de Lisboa até Carnide para tratar da Lolita, a gata da minha amiga que faz pesquisa no Rio de Janeiro. A velhinha do rés--do-chão vai duas vezes por semana deixar comida, eu limpo a areia, lavo a caixa, compro comida, rotina de todos os domingos, antes de vinte piscinas no Parque Eduardo VII. Depois, de mês a mês, ainda dou um salto ao Chiado para tratar do cabelo. Vá que é tão louro quanto curto, os brancos não se notam tanto, mas há que matar um gajo sem perder o corte, a cor, a linha.

Raramente digo *um gajo*. É mais faroeste com Mercado do Bolhão, tipo, o cabrão do filho da puta do caubói.

O mecânico dera-me um cartão. Registei o número dele no telemóvel antes de deixar Carnide e, despachadas as vinte piscinas, mandei-lhe um SMS sobre o serviço totalmente desnecessário do ponto de vista do serviço: *Olá, sou fulana. Conseguiu adiantar alguma coisa?* Ele respondeu minutos depois: *Não se preocupe* ☺☺☺ *. . . os problemas hadem ser resolvidos! . . .* Fiquei hipnotizada. Espaços entre os pontos das reticências? Caralho, a minha vida é rever gralhas. Aquilo não era uma gralha. Aquilo era a chamada da selva, onde a vida e a gramática podem enfim recomeçar.

Já que o Lada só estaria pronto na manhã seguinte, fui jantar a casa da minha melhor amiga, mãe da que está no Rio de Janeiro. Mãe e filha mantêm uma guerra de baixa intensidade, eu sou a agente dupla. A filha nunca pediria à mãe que lhe tratasse da gata, porque faz questão de não lhe pedir nada. A mãe era a gaja mais gira de Letras, e continua a ser a gaja de cinquenta anos mais gira de Letras, doutoramento, agregação, etc. Isto de ter cinquenta anos não sabemos bem como acontece. Um dia uma gaja está com quarenta, toda a gente lhe dá trinta, e de repente faz cinquenta. Aí, toda a gente diz que os cinquenta são os novos trinta. Mas como eu sou do Canidelo, concelho de Vila Nova de Gaia, o que digo é, quero o meu pescoço de volta, caralho.

A minha melhor amiga diz caralho mesmo sendo lisboeta mas deve ser a única. Depois de uma garrafa de vinho debruçámo-nos sobre esse clichê do porno que é um mecânico, mais clichê só bombeiro, canalizador, trolha, de acordo, e daí?, no apocalipse do capitalismo seremos enfim irmãos, e entretanto o clichê é apenas a gaveta onde o civilizado acha que arruma o selvagem. Por acaso, quando a minha amiga foi fazer chá, tocava uma canção que dizia *Keep it in the bottom drawer where you hide the sex tools / I pray you always need them*. Exacto.

Só não rezo, é contra a minha falta de religião.

capítulo II

NELSON RODRIGUES ENCONTRA O CÃO

Todo o coração fodido deve ter um recurso de carne e osso. Antigamente dizia-se tomar amante, aliás, os homens diziam. Atrás de Madame Bovary está um cavalheiro francês de bigodes, atrás de Anna Karenina um cavalheiro russo de barbas, além de que Bovary e Karenina são mulheres casadas. Mulheres solteiras não tomavam amantes, quando tomavam eram putas, e de qualquer forma não tomavam a palavra. Meu caro Nelson Rodrigues, obsessivo-compulsivo das adúlteras: um bolero, à sua.

Nelson Rodrigues é a pungência da canalhice. Que redenção a nossa vida não ser tão canalha. Ele dá a vida por nós, até à esponja de fel na Cruz. Uma noite li duas crónicas dele e depois fui por ali fora, crónicas, teatro, as edições brasileiras que achei. Em Portugal não se acha muito Nelson Rodrigues, por embirração política ou desinteresse editorial, mas de súbito, trinta e quatro anos depois da morte dele, um editor é atingido por um raio, resolve editar a biografia e faz-me chegar quinhentas páginas no dia 1 de Junho, para rever em duas semanas. Eu passara a noite anterior em claro, porque foi a noite em que o filho da puta estreou o texto. Assim entrei na vida de Nelson Rodrigues quando a vingança acabava de se tornar o meu cão, dia e noite alegre, forte, fiel.

Alguém com uma vingança nunca está sozinho. Uma espécie de negativo da paixão, destruída a fotografia. O que foi luz é escuridão, o que foi escuridão é luz. É dessa energia reversa, adversa, que brota a pulsão de um amante: o pau como manguito à morte.

Em suma, eu queria o meu Lada de volta, e de caminho o mecânico. Na manhã seguinte à avaria mandei-lhe um SMS: *Bom dia fulano, sempre posso ir buscar o carro às 10h?* Ele respondeu: *Bom dia fulana*☺*... mais meia orinha, pode ser...?* Aquelas reticências acabavam comigo.

Fui decotada. Sim, talvez só *o ser amado* possa ver *a linha nítida* que separa os peitos (perdão se o trair, Nelson Rodrigues, cito de cor) mas nas utopias falhadas de 2014 incluo (como não?) a do ser amado. Além de que, no meu caso, decote é sobretudo imaginação.

Às dez e meia, o meu futuro amante de domingo entregou-me o Lada pronto. Às onze eu ainda não tinha ido embora e ele já me tinha contado a história da sua vida, ilustrada por fotografias do filho no telefone, que era um *smartphone*, porque só os excluídos e os auto-excluídos não têm um *smartphone* em 2014. Como o filho morava com a mãe, e ele dizia *a mãe do meu filho*, deduzi que estava separado. Mas mais do que as fotografias retive as mãos, grandes, largas, com unhas espantosamente limpas, como se ele as tivesse preparado para me receber.

Gostei das mãos, da voz, da massa. Sou aquilo a que se chama *mignone*, cinquenta quilos aos cinquenta anos, e gosto de gajos maciços, que pesem até eu quase sufocar, o contrário do que acontecia com o caubói. Demasiado novo e demasiado leve, duplo erro que dava para ver desde o começo, além de todo o resto que foi dando para ver. Quando nos fodem o coração de um momento para o outro, género um pé no chão, outro no ar, a grande perplexidade não é como vivemos o que vivemos mas como não vimos o que não vimos, ou seja, não a entrega mas a estupidez. Se a paixão já é uma forma de suspensão do raciocínio, num caso de embuste dá-se uma paralisia cerebral progressiva: ele quer-me; ele quer-me à maneira dele; ele quis-me, não foi mentira. Golpe de misericórdia é saber logo que foi mentira. Porque se algo aí morre, algo começa a matar.

Eu e o meu futuro amante de domingo despedimo-nos a contragosto, achei eu (a capacidade de as gajas acharem é impossível de satisfazer). Felizmente, o multibanco dele estava avariado, eu não tinha dinheiro na carteira, e ele disse que preferia dinheiro em vez de uma transferência, portanto concordámos que no domingo seguinte eu voltaria para lhe pagar.

Seguiram-se mensagens sobre o bom estado do carro e outras desnecessidades. Tesão já é meia-decisão, dando corda fica decidido. A meio da semana a troca acelerou, uma hora de SMS com o mecânico incluindo planos de passeio. Foi então que ele me perguntou, continuando a tratar-me pelo primeiro nome, se fazia diferença ser casado. Levei um minuto a responder, que pensara que ele estava separado, mas também não andava à procura de namorado, portanto por mim não faria diferença, só não queria arranjar problemas a ninguém. Ele levou um segundo para responder, ora essa, não vai arranjar problemas nenhuns, triplo *smile*, reticências. Perguntei-lhe se queria vir ter comigo a Carnide, propus uma hora no domingo e parar com as mensagens até lá. Ele concordou e continuou a mandar mensagens dizendo *minha querida, minha desejada* e mesmo *desejo vc*.

Com um pacote TV+Net, qualquer Bobadela é Ipanema, anotaria o caubói, para algum texto futuro.

Porque os caubóis têm um menu. Modo trocista, modo culto, modo porno, modo tão filho da puta que só mesmo a morte por esmagamento de pata de elefante, ainda que, claro, na actual crise portuguesa não seja tão fácil arranjar elefantes como, digamos, em 1497, quando as naus saíam ali do Terreiro do Paço para meses de escorbuto e carne podre à procura da Índia.

Não conheço frente de água mais diáfana.

capítulo III

O MECÂNICO IMINENTE

Cúpulas, cascatas, coroas, tudo cintilava nesse domingo, 3 de Junho, primeiro do Verão, ou seja, ontem, quando atravessei a Ponte 25 de Abril a cantar *Oh Lord / won't you buy me / a Mercedes Benz? / My friends all drive Porsches, I must make amends*, talvez porque ia para a cama com um mecânico, talvez porque nem Mercedes, nem Porsche nem limusines impediram Janis Joplin de morrer junto à cama aos vinte e sete anos, talvez porque sempre me impressionou o fim da canção em que Leonard Cohen a lembra na cama: *That's all, I don't even think of you that often*. Eu tinha vindo pelo caminho de baixo, continuando da A6 para a A2, só para ver Lisboa dali, flamejante. E foi assim que descobri o melhor remate para o esmagamento por pata de elefante: *Pronto, é isto, nem sequer penso assim tanto em ti.*

Os gajos dão uma abada às gajas nos remates, sem sequer citarem Leonard Cohen. Não que as gajas não saibam rematar, mas quando o fazem são gajos. Há gajas muito gajo, e não estou a falar de lésbicas, nem necessariamente bissexuais. Vice-versa para os gajos, há gajos muito gaja, etc., etc. Sabemos bem como o género não está fixo entre as pernas. O meu amante de domingo diria que *vareia*.

Então, entre a Ponte 25 de Abril e o Aqueduto das Águas Livres, uma miragem nasceu no meu lobo occipital e desenrolou-se em segundos, sem que eu perdesse o controle do Lada Niva. Eu via o Castelo onde tudo começou entre mim e o caubói, concretamente as ruínas do Paço com oito séculos de experiência acumulada quanto a restos mortais. Lá estava o filho da puta preso a quatro estacas, em forma de Homem Vitruviano de Leonardo da Vinci, na versão mais aberta de braços e pernas. Nu como um rapaz do Levante no sonho antigo de um imperador, ligeiro tufo cor-de-mel no púbis, pénis circuncidado em descanso, aquela tensa, tesa passagem entre a axila e o bíceps que é o vislumbre do abismo. E, pairando sobre a cabeça, a pata dianteira de um elefante indiano, que se distingue do africano por ter cinco e não quatro unhas. O fiel proboscídeo só aguardava a ordem que me cabia dar em seguida, mas não antes de eu engolir aquele *nec plus ultra* da raça dos filhos da puta com a minha interminável boca, o meu interminável estômago, a minha interminável pélvis, apertando-o com os meus interminaveis anéis fortalecidos por uma vida de pompoarismo amador.

Ok, não uma vida, desde os vinte anos, vá. A água é um bom treino, contrair iliococcígeo, pubococcígeo e períneo após nadar. Mas nesse domingo só mais tarde, por que o encontro com o mecânico era às onze.

A vantagem de chegar cedo a Carnide ao domingo é conseguir estacionar o Lada naquele lugar que daqui a nada será tomado por um devorador de nacos na pedra. Terá sido pelo nome que a restauração de Carnide enveredou por este nicho de mercado? Seja como for, estacionei sem problema às nove e meia, tratei da Lolita, saí para comprar preservativos e ia dobrar a esquina quando o iminente amante escreveu a dizer que acabava de estacionar perto, portanto uma hora mais cedo.

Gosto de gente ansiosa, penso que já somos dois e fico tranquila. Mas a verdade, que a mim própria me espanta, é que eu estava tranquilíssima, como se ir para a cama com um mecânico fosse mesmo clichê. Só nos filmes porno, e sei lá quando foi a última vez que vi um.

Não, o meu clichê não é ir para a cama com um mecânico e sim com futuros grandes amigos, e nesse saco cabem vários níveis de tesão, e a longo prazo falta de tesão, como suponho que na vida de toda a gente, mas não sabemos nada de com quem não fomos para a cama, e não sabemos tudo de com quem fomos para a cama, porque ninguém fode com duas pessoas da mesma maneira, como Heráclito bem disse sem palavrões. Um alívio não estarmos condenados a ser assim ou assado, já que o bom vira óptimo que vira sofrível que vira péssimo, dependendo da fantasia e da teimosia, da inclinação e da dedicação, da profundidade e da velocidade de miragens por segundo na cabeça, além das circunstâncias, que podem ser relevantes, e do tamanho, que sim, é relevante, mas não estou a pensar só no comprimento, nem só no pau.

Disse ao mecânico para ir dar uma volta pelo coreto enquanto eu ia comprar cerejas. Respondeu que podia ir comprar cerejas comigo, *smile*, reticências. Preferi que não, mas ele estava a fazer tudo certo, e ainda isto: quando enfim me encontrou, na esquina onde deixara o carro, abriu a porta de trás e tirou do banco uma braçada de flores. Gerberas, lírios, rosas, margaridas, jacintos, gladíolos, folhagens, agarrando na base eu nem conseguia ver o caminho. Não é pouco, consigo mesmo pensar num distraído, mas namorado, que nunca o fez.

Subi com tudo, flores, cerejas, preservativos, mecânico. Incluindo a Lolita, éramos uma multidão na cozinha enquanto eu inventava uma jarra, cortando a cabeça de uma garrafa de plástico, porque a casa está reduzida ao essencial. O mecânico ficou a ver-me separar as flores das folhagens para que coubessem, e depois veio atrás de mim, da cozinha para a sala, e em volta da sala, até achar o lugar certo para a garrafa, ele, não eu.

Um dia, não muito longe, um pouco antes do derradeiro apocalipse, alguém vai descobrir uma forma de produzir energia com a tensão que há num determinado espaço quando duas pessoas estão prestes a ir para a cama pela primeira vez.

capítulo IV

COMO DIZER *VOCÊ* NA CAMA

Eu e o mecânico: onças numa clareira, passos em volta, pêlo hirto. Ou o ar dentro de um balão. Há que chegar ao ponto em que o corpo estoura no ar.

Ofereci-lhe um café, sentámo-nos na varanda. Ele contou que vai à oficina domingo de manhã porque a mulher trabalha numa igreja, só volta às duas, deixa o *almocinho* feito. Têm uma boa vida, moram numa urbanização na Bobadela, ela é uma santa e gosta de sexo. Com a mãe do filho também se entende bem mas ela mora na Coina porque faz tortas de Azeitão, dá-lhe mais jeito. E por aí fora até aos castanheiros do avô no Rebordelo. Onde fica isso?, perguntei. Em Trás-os-Montes, respondeu. Ah, adoro Trás-os-Montes, disse eu, no tom daquelas pessoas que dizem que adoram Fernando Pessoa.

Como se fosse possível detestar Trás-os-Montes.

Por cada pergunta um buraco, por cada buraco cem perguntas, estou habituada. Claro que quanto menos soubermos menos pensamos, e neste caso tratava-se de não pensar nada, mas esse é o ponto em que o corpo faz tudo, e eu ainda não tinha chegado lá. Aliás, a certa altura comecei a andar para trás, duas, quatro, oito vezes mais rápido do que o filme andara para a frente. Eu tinha mesmo engatado o mecânico que arranjara o meu carro, ex-marido de uma pasteleira da Coina, agora casado com uma santa? Tinha mesmo comprado uma caixa de 12 (doze) preservativos para foder com ele? Íamos mesmo para a cama, e antes das duas da tarde?

Dai-me um homem que não pense. Um homem de pau duro que eu queira beijar, porque sem beijar não dá. Não amará nem será amado. E dirá: posso beijá-la?

Juro que foi o que ele disse, interrompendo a fuga em todos os sentidos e para qualquer lado, porque não só a cara da pergunta era de emergência, como o corpo pulou para a frente antes da resposta, disto resultando que ele ficou curvado e eu presa à cadeira enquanto não forcei os ombros dele até estarmos ambos de pé, e que dizer sobre o que se passava entre as pernas dele e a cabeça quando me encostei, era um daqueles casos de altos e baixos-relevos em simultâneo, uns fixos, outros móveis, pau, lábios, língua, mamilos, nádegas mais não sei quantos braços, dado que um tinha desaparecido debaixo da minha saia mas pareciam sobrar uns três, para já não falar dos dedos, além de que praticamente eu já não respirava.

Aleluia.

A casa é sala-e-quarto, a meio caminho ele abriu a minha blusa e, sem deslocar o epicentro do beijo, puxou-a para o chão. Parámos na moldura da porta, eu com a saia às três pancadas, ele curvando a cabeça para o peito quase liso, subitamente protuberante nos bicos, largos, escuros. Claro que aos vinte eu queria ter peitos, mas aos cinquenta seria a guerra com a gravidade, imagino. Ajoelhei-me na cama, a desatar o nó da fita que atava a saia, e no tempo de baixar a cabeça para o problema ele desfez-se de tudo o que o atrapalhava: camisa, calções, sapatos e os *boxers* de algodão, que pareciam uma bandeira no quarto. Puro vermelho veneziano, não me lembro de nada tão vivaz contendo um pau.

Era um pau com que se podia trabalhar. Não muito comprido mas grosso, pelo menos no estado apopléctico em que eu o via. Não muito comprido não quer dizer curto: era ok. Foi o que depois lhe disse, sem mentir (o que do ponto de vista dos gajos pode querer dizer: cruelmente sem mentir), quando ele me perguntou, já fora da cama, o que eu achava do seu *menino*. As minhas sobrancelhas devem ter subido testa acima. E respondi, rindo e repetindo, como se isso dobrasse o valor: é ok, é ok.

De volta à cama: eu desatando o nó górdio, ele nu como um touro. A comparação procede, dez quilos a mais, concentrados entre o pescoço e o baixo-ventre, com repartição equitativa de pêlos, embora não demasiados, a não ser onde jamais eu vira tantos: o escroto. Mas entre livrar-me da saia com uma mão e agarrar um preservativo com a outra, tive apenas alguns segundos de contemplação. Desfeito o nó, já ele estava de preservativo em riste, e a partir daí não consegui ter distância para ver mais do que a cara dele, até ao fim do primeiro *round*.

O primeiro *round* durou um minuto. Mulher deitada de barriga para cima, homem deitado no meio das pernas dela, flexão, convulsão, cara contraída para a direita, cara contraída para a esquerda, pânico frontal na cara, ele abre os olhos, foi.

Foi?

As minhas sobrancelhas deviam estar muito testa acima, porque ele perguntava, sem sair de cima e de dentro, está tudo bem?, está tudo bem? Eu pensava como pedir a alguém que trato por você que para a próxima desse um sinal, isto para não dizer de caras que foi rápido demais. Quem sabe avisando desse para retardar, mudar de posição, ou talvez não, mal o conhecia de vista. Nunca ter fodido com um mecânico não era o problema, o problema era nunca ter fodido com alguém que tratasse por você. Talvez por isso também não me tenha dado para dizer, foda-me, coma-me. Seria como estar numa novela porno em Cascais.

Não sei como fazem os betos em Cascais. Olhe, avise quando estiver quase a vir-se? Ou, agora quero que me coma o cu? Questão de hábito, não me soa.

capítulo V

OBSERVAÇÃO DO VOLUME

Também não queria que ele me comesse o cu, calma lá. Tudo somado, só tínhamos ficado nus há minutos, eu ainda nem o vira de costas, naquela obscuridade do quarto, portadas fechadas para evitar que a velhinha do rés-do-chão tivesse um AVC.

Está tudo bem, não se preocupe, disse eu a sorrir, e empurrei-o quase imperceptivelmente para poder fechar as pernas. Ele sentiu, ergueu o tronco, extraiu cuidadosamente o pau e separou-o do preservativo sem sujar nada. Então, de joelhos, segurando a base da borracha, observou o volume de mililitros, como numa pipeta.

A posição do pau de um mecânico no horizonte não varia em relação a um beto de Cascais. Há toda uma diferença de pose, a que podemos chamar estilo, mas o ponto de fuga de ambos é o pau, seja ele hiperactivo, passivo ou solitário. Numa linguagem que não ofenda a velhinha do rés-do-chão, poderíamos definir o pau como a intersecção das linhas no horizonte de um gajo. Nada contra gajos, claro, difícil viver sem, mais até do que sem Fernando Pessoa. Também nada contra gajas, só não são a minha praia. Desde que as partes sejam soberanas, nada contra nada. Assim o oposto da Rússia, tão ortodoxa em cristã como em comunista.

O mecânico deu um nó no preservativo e pediu um *kleenex* para o envolver. A santa deve manter a casa em ordem, ou vem já da fazedora de tortas, quem sabe dele mesmo. Não levanto falsos testemunhos quanto à higiene da classe trabalhadora. Conheci amantes burgueses que tinham visto melhores dias quanto a banhos, incluindo o do *menino*.

Honra lhe seja feita. Para compensar a duração do primeiro *round*, o intervalo até ao segundo também foi precoce, se aplicarmos a fórmula hoje em desuso de até dois minutos: nem mais e o meu mecânico já estava pronto para mudar o curso da história, coisa que não ocorre assim à primeira, de um fôlego só, nem de um só ângulo. Havendo tesão bastante, aliás, será vantajoso despachar a poluição inicial de ambos, dado que a cópula mais além acontece, nem sempre, mas frequentemente, depois. *Dá-le*, diria qualquer bom mecânico.

E, de facto, o segundo *round* deu para sucessivamente ficar deitada de barriga para baixo, erguida de quatro e finalmente naquela posição que o Kama Sutra descreve como *Glória do Dominador*. Desconheço sânscrito, talvez o pensamento desejante seja do tradutor, já que tanto a época de partida como a de chegada são pródigas no prazer masculino, mas quanto à posição sou militante. Em suma, o segundo *round* chutou para canto o escroto do caubói.

No tempo em que eu dava aulas, fiz uns seminários no Brasil. Além de ter adoptado o hábito local de dizer pau, porque não há palavra melhor para o dito, aprendi que escroto é sinónimo de filho da puta, sem deixar de servir para manter os espermatozóides a trinta e quatro graus. E a propósito dessa delicada bolsa de refrigeração: 1) O mecânico confidenciou-me que a depila, portanto, o que eu ali via eram apenas os pêlos após a última gilete, quase um mecânico metrossexual. 2) Sempre me fascinaram os velhos anúncios nas tascas a dizer *Temos tomates*, colhões de alguma besta comestível, porco ou carneiro, citados no cardápio como túbaros. 3) Nunca comi, mas seria caso de fritar os do caubói com piripíri, alho e louro.

Vê-se que é uma mulher que aprecia sexo, disse o fogoso mecânico, interrompendo o meu devaneio. Ainda bem, porque eu também aprecio, sou mesmo viciado. Por acaso não tem nenhum *brinquedo*?

(*Keep it in the bottom drawer / where you hide the sex tools*)

Recostámo-nos naquele entre-coito dos desconhecidos: eu, ele, e os fantasmas. Foi quando, com alguma distância, pude observar o desenho da tatuagem no peito oposto ao do coração. Ele contou que aquela santa nascera na *casa da rata*. Eu nunca ouvira falar?

Era a cadeia do quartel. Fizera a tropa lá no Norte, pois claro, nesse tempo era obrigatório. E tinha dezoito anos, aquele tesão dos dezoito que nem com uma pata de elefante. De modo que certa madrugada deixou a G3 no banquinho da Porta de Armas e foi dar uma foda com a namorada ali num muro. Quando voltou não havia G3, nem sombra dela. Seis meses de *casa da rata*, com vários homens numa cela. Também não estava o tempo todo dentro da cela, pois claro. Então fez a tatuagem da santa, uma jura, uma promessa, essas coisas que se fazem. Ele nem vai à igreja, mas tinha dezoito anos, e pronto, é para a vida.

capítulo VI

MENINA E MOÇA

Dezoito anos?

Assim menina e moça me levei de casa dos meus pais até às cavalariças da Universidade Nova de Lisboa, ou seja, à Faculdade de Ciências Sociais e Humanas, para os íntimos FCSH, onde fui iniciada nos infortúnios da Literatura Comparada. Eram mesmo ex-cavalariças, e nos anos 1980, praticamente o Cenozóico. As pessoas chamavam telefone a um aparelho preso à parede que tinha um disco com buracos onde se metia o indicador. Toda a família usava o mesmo telefone, uma coisa repugnante. Mas, vista do Canidelo, Lisboa era a Austrália e tudo o que eu queria era sair de casa.

Foi do que me lembrei no entre-coito com o mecânico. Como temos exactamente a mesma idade, ao ouvi-lo contar a história da tatuagem pus-me a pensar onde andava eu aos dezoito anos, enquanto ele penava na cadeia por ter largado tudo para foder.

Eu já sabia uma coisa desde os quinze: nunca poderia engravidar. Não é uma notícia que se absorva aos quinze, nem mais ou menos nunca. *Podes sempre adoptar*, foi talvez a frase que mais ouvi. E claro que teria podido, se isto, aquilo e aqueloutro, casamentos, divórcios, uniões de facto, separações, triângulos, quadrados, *flirts*, casos, romances, vícios de cama, amantes-amigos, amigos para sempre. Em cinquenta anos acontecem, e não acontecem, muitas coisas.

Por exemplo, quando Balzac morreu, aos cinquenta e um, tinha escrito mais de cem romances ou aparentados, incluindo os oitenta e nove da *Comédia humana*. Não há como negar que fez render o tempo, porque ainda teve de viver algo para ter o que escrever. Claro que é possível engendrar precipícios sem sair do quintal, *O monte dos vendavais* é a melhor das excepções, mas cem romances requerem uma certa variedade de observação, ainda que não participada.

Mais uma coisa que não me aconteceu, passei a vida a ler sem jamais ter escrito. E isso, sim, só dependeu de mim.

Então, aqui deitada entre o mecânico e os fantasmas, dou-me conta, quase com um fascínio literário, de como a minha vida pode ser observada por quem está de fora, considerando que não tenho marido, filhos, livros publicados, nem emprego fixo apesar do doutoramento. Se a observação externa depende mais da natureza do observador que do observado, alguém com uma carreira verá em mim o fracasso, para um cínico serei neurótica e um cristão terá compaixão de mim. Tudo isso não deixa de ser filosoficamente verdade, apenas não é a maior parte da verdade, nem a parte decisiva da verdade, porque eu não me vejo assim, e ninguém está tão destinado à minha vida quanto eu. Os próximos, aqueles a quem me dedico e se me dedicam, conhecem melhor a minha fúria do que o meu lamento, e há uma boa razão para isso: a minha fúria é mais forte do que o meu lamento. Distorcendo Nietzsche, o que não me mata, morre, nem que seja pelo riso.

Gosto do que gosto, gosto de quem gosto, comprei uma ruína alentejana porque era mais barato do que em Lisboa, mas também porque posso, também porque não quis arrastar-me de concurso em concurso, também porque não tinha feitio para isso, dei aulas e não era para mim, trabalhei em editoras e não era para mim, sempre tive um problema com a autoridade, nunca deixei de dizer caralho quando me apetece, e dê lá por onde der sou tão livre quanto me sinto livre. A fúria é uma estranha forma de vida, mas não mais estranha do que o fado, talvez um fado virado do avesso.

Então, se eu vier a escrever um livro, o livro que na verdade sempre achei que iria escrever, é daí que ele virá, da fúria para o bem e para o mal, a fúria com os filhos da puta que fodem o último demónio no fundo da Caixa de Pandora, e levam consigo os juros. Onde está ela, nos livros, agora, aqui e além do eu lírico que tão bem conhecemos, aquele que sonha e sofre, mas que não sonha e sofre apenas, tanto quanto sei?

Pergunto, porque se essa fúria é minha pode não ser nossa? Talvez pergunte porque nunca pude ter filhos, não sei sequer se os teria tido. Seja como for, isso só significa que quem teve escolha terá perguntas que eu não tenho, tal como eu tenho perguntas que quem teve escolha não tem.

Quanto a dados relevantes na história clínica, é o que é. E, como diria Leonard Cohen, para acabar com a canção, nem sequer penso assim *tanto* nisso.

capítulo VII

NÊSPERAS EM MAIO

Enquanto eu via a minha vida num minuto, o mecânico lutou contra o sono e perdeu. Era o retrato vivo de que nada pesa como um par de pálpebras. Portanto, eu tinha a eternidade de mais cinco minutos antes de o acordar, visto que nem ele queria chegar à Bobadela depois da santa, nem eu queria que ele chegasse. Mas se um minuto dera para a vida, cinco minutos haviam de dar para Maio de 2014, ou como de estúpida-que--nem-uma-porta passei a assassina.

Uma diferença de dezasseis anos entre homem e mulher tem pelo menos três narrativas. Quando o gajo é mais velho, dezasseis anos são um desafio. Quando a gaja é mais velha, dezasseis anos são uma questão de tempo, e se ela não salta fora é estúpida. Quando a gaja é mais velha, é estúpida e o gajo é um cabrão, dezasseis anos é uma pena leve para o que vai acontecer.

Então, 1º de Maio no Alentejo, dia de povo no palanque, de Viva Catarina Eufémia, de Zeca Afonso no altifalante, e eu desafinando no quintal, colhendo nêsperas:

Maio maduro Maio, quem te pintou
quem te quebrou o encanto, nunca te amou
raiava o sol já no Sul
ti ri tu ri tu ri tu ru

ti ri tu ru tu ru
e uma falua vinha lá de Istambul

Zeca Afonso é como Carlos Paredes, quando ouço sei que sou portuguesa, mas não posso pensar nisso agora, caralho, ainda me dá para chorar.

Sempre depois da sesta chamando as flores
era o dia da festa
Maio de amores
era o dia de cantar
ti ri tu ri tu ri tu ru
ti ri tu ru tu ru
e uma falua andava ao longe a varar

Além de se ouvir Zeca ao longe, o melhor do meu quintal é a sombra da nespereira atravessada pelo sol. A frente da casa está voltada para o Norte e para a manhã, o que quer dizer que o quintal se volta para o Sul e para a tarde. Portanto, a sombra dura toda a descida do sol, que em Maio está perto de ser a mais longa, horas de uma filigrana em movimento, projectada na cal e no anil que os árabes deixaram cá. Evidente, o meu Lada mal passa na rua, a rua tem calhaus medievais, uma gaja não pode usar saltos altos, e, em certos sábados, o mantra dos morcegos é interrompido por *covers* dos Xutos & Pontapés.

Há um invulgar número de morcegos na cidade, o que a protege dos mosquitos e lhe dá um sono gótico. De resto, as noites são tão quietas quanto os dias, o tudo-como-sempre-foi que atrai os de fora e afasta os de dentro, porque uns vêm para ficar quietos e outros partem para arranjar emprego. A rarefacção é uma história alentejana, mas ainda há quem ligue o passado ao presente pelas oliveiras, como na antiga promessa do Mediterrâneo, quando Oriente e Ocidente aqui confluíam num mundo só. E o Alentejo continua a ser Mediterrâneo, a quinhentos quilómetros de Gibraltar. O pior do meu quintal é que justamente não dá para ver isso, porque ao fim de seis passos acaba, em volta tem um muro branco, por cima só uma nesga de céu entre as copas. Está sempre voltado para dentro, mesmo agora, de porta aberta. A mangueira com que rego tudo e a mim mesma é o mais próximo de respirar. Então, todos os dias subo ao Castelo a pé, para que os olhos corram como um cão que estava preso, até onde a terra cai no outro lado.

capítulo VIII

ENTRA O CAUBÓI

Claro que em vez de a terra cair no outro lado eu é que ia cair nos braços daquele cabrão, o que não era ilusão menor, e é dessa merda que a gente vive, caralhos me fodam, não posso pensar nisso que ainda acordo o mecânico.

Com as nêsperas de Maio ao ombro, saí de casa pelas cinco da tarde. A ladeira que sobe para o Castelo estava ofuscante, papoilas na berma, vermelho-papel-de-seda. Eu já sabia que daí a um mês ia rever a biografia de Nelson Rodrigues, então levava *A Menina Sem Estrela*, compilação que é uma espécie de autobiografia. O título vem das duas crónicas que me fizeram ir lê-lo de facto, além daquela vaga ideia do machista reaccionário, que era a única que eu tinha. Nelson Rodrigues passou a vida com terror de cegar, porque aos seis anos viu uns cegos portugueses tocarem violino na rua do subúrbio carioca onde morava, e porque viver assombrado era a sua natureza. Nunca cegou, mas aos cinquenta teve uma filha da mulher por quem mudara de casamento, e essa filha nasceu cega. *A menina sem estrela* é ela.

Um homem de médico em médico, de conversa em conversa, com uma menina que cabia numa caixa de sapatos, pedindo que lhe mentissem, acreditando no que decidira, que ela não seria cega. Só então entendi aquela *boutade* dele, se não é eterno, não era amor. O amor é mais do que a verdade, é uma decisão.

Crac de gravilha na ladeira e quando voltei a cabeça o gajo estava ali, sol na cara. Há uma insolência nos gajos que fazem de conta que não sabem que são giros. Aquele tipo de gajos que olham para baixo enquanto falam porque só fumam tabaco de enrolar, e depois de acenderem o cigarro ficam a cutucar as pedras com a ponta do pé, com a ponta do cigarro entre o indicador e o polegar, e quando levantam a cabeça olham para o fim do horizonte como se não estivessem bem aqui, ou além houvesse algo que só eles vêem, o que só realça o ângulo agudo do maxilar, a protuberância da maçã-de-adão, e quando subitamente olham a direito é com aqueles olhos semicerrados de quem fuma ganzas, e depois levam a mão à cabeça, enfiam os dedos no redemoinho que é a proa deles, e sorriem de esguelha.

Óbvio que ele não teve tempo de fazer tudo isso no instante em que me voltei. Começou pelo fim, ou seja, pelo sorriso. E assim despenteado, ganzado ou só encandeado pelo sol, era tão de parar o trânsito que eu parei, e ele esbarrou em mim.

Ele riu, eu ri, ele disse que ia para o Castelo, eu disse que também, ele perguntou se eu estava a dormir lá, porque há residências de artistas lá, eu disse que não, que morava mesmo aqui, ele disse que morava em Lisboa mas ia passar o mês aqui, aproveitando a casa vazia de uns amigos, porque tinha um monólogo para escrever até fim de Maio, e em Lisboa dividia casa, festas e música e o caralho.

Ele disse caralho. É mais fácil os gajos em Lisboa dizerem caralho do que as gajas.

Portanto, não só parava o trânsito como escrevia teatro. Por acaso ando aqui com o Nelson Rodrigues, disse eu. Ah, esse gajo, disse ele, mas esse gajo não era de direita? Bem, é uma longa história, sabes o que respondia quando lhe perguntavam se era reaccionário?, disse eu. Não faço ideia, disse ele, dando uma última tragada no cigarro. Respondia, eu sou libertário, reaccionária é a URSS. E mal acabei de dizer isto pensei, foda--se, este gajo não tem idade para se lembrar da URSS.

Lembras-te da URSS? Claro, achas que nasci quando? Sei lá, a meio dos anos oitenta. Não, em 1980, lembro-me perfeitamente da Queda do Muro, estava a acabar a primária. Também me lembro perfeitamente da Queda do Muro, estava a começar o doutoramento. Hahaha, não me lixes. A sério, tinha 25 anos. Foda-se, a sério?

Então, atirando a beata para a berma, ele pôs-se entre mim e o sol e, de polegares no bolso como um caubói, perguntou, isso quer dizer que não te posso convidar para um copo?

capítulo IX

UM BEIJO NO PAÇO

Os Paços são romanescos, é próprio dos Paços, eu que nasci no Canidelo sou praticamente filha de Inês de Castro. E, portanto, entre arcadas de volta inteira e arcos conopiais, este Paço alentejano também teve com que se entreter, desde D. Dinis a sacar massas aos padres para fazer a Universidade de Coimbra, até D. Manuel engendrando um Caminho para a Índia. Isto para dizer que oito séculos nos contemplavam, a mim e ao caubói, quando nos sentámos nos degraus de uma das torres em ruínas, tostadas como biscoitos saídos do forno, os biscoitos que um cão monumental tivesse mordido aqui e ali, antes de correr até ao fim do horizonte, pelo menos até Palmela.

– Que cena – disse o caubói. – Nunca tinha estado aqui.
 – Parece a Escócia, não é? – disse eu. – Embora eu nunca tenha estado na Escócia.
 – Eu estive em Edimburgo a ver teatro mas não vi os castelos.
 – E que monólogo é esse que vais escrever?
 – Ainda não sei, é para um projecto com três monólogos. Três autores, um tema, para estrear a 31 de Maio. Quer dizer, vamos lê-los em público. A ideia é que sejam encenados depois.
 – Qual é o tema?
 – O Tempo. É fodido.
 – Pois, dá para tudo.
 – Iá, mas eu quero falar de agora.
 – Agora como?

— A vida agora.
— Devias ler *A vida como ela é*.
— Isso é o quê?
— Nelson Rodrigues. Crónicas, mas com aquelas personagens dele.
— Uma romaria de incestos e o caraças?
— Um purgatório, porque ele era um moralista.
— É essa cena do pecado que não me interessa.
— Por que não?
— Tanta coisa para escrever. E isso já está tudo no Dostoiévski, não achas?
— Acho que o Nelson Rodrigues acreditava que a vida está sempre a continuar o Dostoiévski.
— Por exemplo?
— No dia em que lhe nasceu uma filha cega, ele começou a ver personagens dos *Irmãos Karamazov* nas pessoas em volta dele.
— Caralho, isso é literatura a mais.
— Só se for vida a mais.
— Como assim?
— O que lês torna-se a tua vida, não? Se a literatura não é a vida é o quê?
— Ah, ok. Isso é o que quero fazer. Mas uma cena mais Sarah Kane. Conheces a Sarah Kane?
— Sim, quando vi o *4.48 Psicose* fui ler os textos dela.
— Nos Artistas Unidos? Foda-se, foi por causa dessa peça que decidi escrever teatro. Até hoje sei partes de cor.
— Mas foi há séculos, 2000, 2001, não?
— Por aí, eu andava no Conservatório e a Sarah Kane tinha morrido pouco antes. Decorei a peça inteira, queria que ela estivesse viva para me apaixonar por ela, mas apaixonei-me

na mesma. Anos depois escrevi um monólogo que era um diálogo com esse. Então sonhava com aquela merda, as frases.
– Diz lá uma parte.
– "... e contar-te o pior que há em mim e tentar dar-te o meu melhor porque não mereces menos e responder às tuas perguntas quando deveria não o fazer e dizer-te a verdade quando na verdade não o quero e tentar ser honesto porque sei que preferes assim e pensar que acabou tudo mas ficar agarrado a apenas mais dez minutos antes de me atirares para fora da tua vida..."
– Lembro-me perfeitamente disso.
– "... e esquecer-me de quem sou e tentar chegar mais perto de ti porque é maravilhoso aprender a conhecer-te e vale bem o esforço e falar mau alemão contigo e pior ainda em hebreu..."
– Hebraico.
– O quê?
– Desculpa, continua.
– "... e fazer amor contigo às três da manhã e de alguma maneira de alguma maneira de alguma maneira transmitir algum do esmagador, imortal, irresistível, incondicional, abrangente, preenchedor, desafiante, contínuo e infindável amor que tenho por ti."
– Ok, estou impressionada. Andavas no Conservatório a estudar o quê? Ias ser actor?
– Achava que sim, depois percebi que não tinha pachorra para ser dirigido.
– Ah, essa é a história da minha vida.
– Nem para dirigir. É por isso que não vou ter filhos.
– Ainda tens tempo de decidir isso.
– Está decidido. Não vou ser responsável por ninguém. Tu tens filhos?

— Não.
— E tens alguém à espera?
— Como? Em casa?
— Ou fora de casa.
— Queres dizer um gajo que te dê uma sova se eu continuar aqui sentada?
— Foda-se, não me digas que ele existe.
— Não digo.
— Ainda bem, porque eu só vinha dar uma volta a ver se me aparecia uma ideia.
— E então?
— Apareceste tu, o que é muito melhor.

Cada um em seu degrau, eu acima, ele aos meus pés, semideitado, capaz de enrolar um cigarro com uma mão e cuspir caroços de nêspera na outra, lançando-os depois pelas ameias. Além do mais, tinha uns olhos furta-cor, ora verdes, ora cor-de-chá consoante a luz, um escândalo. Por que confiei naquele cabrão? Por ele saber de cor Sarah Kane? Porque alguém que se apaixonou por uma neurótica morta é capaz de se apaixonar? E que diferença fazia que se tivesse apaixonado, quando podia ser um cabrão antes e depois disso, ou em tudo o resto? Tal como prescindir de ter filhos não implica falta de coração, nem o amor a um filho implica coração em geral. O decapitador dará a mão ao filho depois dos trabalhos do dia, talvez lhe mostre como é isso de cortar cabeças, talvez lhe cante uma canção. Amor total e ausência de amor são quartos contíguos da mesma casa.

Ele içou o corpo até ficar sentado a meu lado. Tinha uma nêspera na mão, meteu-a na boca e disse:

— São óptimas, estas nêsperas.
— Sabes como se chamam no Norte?
— Nem imagino.
— Magnórios.
— Prefiro nêsperas.
— Eu também.
— E um caroço de nêspera é uma coisa sensacional, não há nada que deslize na boca assim.

Um, dois, três, quatro caroços de nêspera na direcção de Palmela, depois o caubói olhou para mim:

— Vem cá.
— Gosto que me dêem ordens quando já decidi que é isso que eu quero. Aproximei a cara e ele segurou-me no pescoço, fazendo a cabeça oscilar ligeiramente, como quem experimenta a articulação. O meu maxilar estava totalmente encaixado na mão dele, aberta do polegar ao dedo médio. Ele observou os lóbulos, a saliência do osso, a cova do queixo e então, fechando os olhos, passou o último caroço da boca dele para a minha.

capítulo X

QUEM SABE, ESCREVER

O mecânico despertou num sobressalto. Por um segundo, talvez um minuto, não me reconheceu, depois sorriu. E eu sorri-lhe, salva pelo gongo. Era como se eu própria despertasse.

É que sobre o que se passou na cama com o caubói eu teria de pensar em cilícios medievais, sacrifícios pré-colombianos ou no que leva aquela araneomorfa a comer o macho depois de o foder. Embora a louva-a-deus que come a cabeça do macho enquanto o fode seja uma boa concorrente. Também há um marsupial que morre ao fim de doze horas a foder, mas aí vai o par inteiro. O cabrão do caubói seria perfeitamente capaz de passar doze horas a foder, e com aquele pau dos golfinhos, que roda como uma mão acariciante. Em suma, talvez noutra reencarnação eu chegue ao que se passou na cama com o caubói. Na cama, no sofá, na cozinha, no duche, no quintal, na noite do 1º de Maio e em todas as seguintes, incluindo ruínas cheias de morcegos, o portão da Praça de Touros ou o chão do Coreto às três da manhã.

Não recomendo o chão do Coreto. Demasiada acústica.

Nada mais excitante do que sexo com um desconhecido, e esse desconhecido sermos ambos. Quem sabe o livro que sempre pensei escrever será esse. Podia chamar-lhe *O meu amante de domingo*, em homenagem ao mecânico. O mecânico seria a punção que fura o abcesso. E aí o cabrão do caubói começaria a morrer.

A outra conclusão de tudo isto é que nada como foder para organizar a vida.

Sem a mais pálida ideia do que ainda virei a agradecer-lhe, o gentil mecânico perguntou se podia tomar um duche, não fosse a santa chegar mais cedo, sentir o perfume. Como não, a casa é sua, tem toalhas no armário, disse eu. Nem queria acreditar quando comecei a ouvi-lo cantar no duche, tal e qual o caubói desde a primeira manhã. Não só tinham o mesmo nome como cantavam sem fechar a porta. Mas foi por isso que me lembrei de uma coisa. Na primeira manhã do caubói, que na verdade já era meio da tarde, fiquei a ouvi-lo cantar no duche e depois peguei no computador porque aquela diferença de idade, dezasseis anos, me fazia lembrar uma história que alguém me contara, mas quando, como, onde? Meia dúzia de *links* e cheguei lá: Euclides da Cunha, o autor d'*Os Sertões,* monumento das letras brasileiras, claro. A mulher dele apaixonou-se por um gajo dezasseis anos mais novo, paixão mútua, de atropelar tudo, com ataques mortais, irmãos suicidas, filhos vingadores, isto, no periférico Rio de Janeiro de há cem anos. Uma daquelas tragédias que a ficção contemporânea evita, por temer o inverosímil. Sim, eu ouvira falar dela durante a minha temporada a dar aulas no Brasil. E tanto tempo depois, ali sentada na cama, com tudo o que entretanto vivera, mais o que a noite com o caubói revelara, devia ter visto nessa coincidência dos dezasseis anos um sinal de alta tensão, tipo perigo de morte. Mas como sou óptima a adaptar sinais ao que já decidi o que pensei foi, caraças, este gajo enfrentou tudo por uma gaja dezasseis anos mais velha. Então, entre o caubói sair do duche e ir comprar mortalhas, li pormenores da mortandade ainda mais inverosímeis.

capítulo XI

EUCLIDIANA

Em 1890, Euclides da Cunha, que ainda não publicara livros, desposa no Rio de Janeiro Anna Sólon Ribeiro, uma daquelas belezas roliças da época, com um travo melancólico que podia ser pura obstinação. Têm filhos, Euclides inicia longas expedições, primeiro a Guerra de Canudos, no sertão da Bahia, depois a Amazónia, milhares de quilómetros entre o Brasil e o Peru, meses de solidão para Anna, sendo que o casamento já não terá começado feliz. E é em plena glória de Euclides, com a publicação d'*Os Sertões*, que Anna conhece um jovem tenente, Dilermando de Assis, em 1905. Ela tem trinta e três anos, ele dezassete, alto, louro, bonito, gentil, atirador exímio. Difícil imaginar hoje um miúdo de dezassete anos interessado numa mulher de trinta e três, quanto mais a enfrentar por ela o país. E talvez nenhum destino no Brasil tenha sido tão publicamente trágico ao longo de tanto tempo.

Como começa tudo? Dilermando é órfão e de fora da cidade, Anna indica-lhe um quarto numa pensão, acabam a alugar uma casa onde se encontram, têm um filho, que morre ao fim de sete dias, e depois outro, tão louro quanto o pai, mas que Euclides toma como seu. Não se percebe bem em que altura o marido sabe do amante. Certo é que, em 1909, Euclides vai à casa que entretanto Dilermando alugara com o irmão, Dinorah, um dos primeiros craques de futebol do Brasil, num tempo em que o futebol era desporto de elite.

Entrando armado, Euclides anuncia que vem para matar ou morrer, e o que se segue é faroeste. Euclides dispara contra Dilermando; Dinorah corre para buscar a sua arma; Euclides alveja-o pelas costas e continua a disparar contra Dilermando, que tenta atingi-lo no pulso, fazê-lo desistir, tratando-o por *doutor Euclides*. Ao fim de vários tiros trocados, Euclides cai morto, atingido no pulso, no úmero, no flanco e no pulmão, enquanto Dilermando sangra, atingido na virilha, no pulmão, no pulso e na costela. Quanto a Dinorah, passou doze anos com uma bala na espinha que gradualmente o impediu de jogar futebol, depois o deixou hemiplégico, até que o internaram num hospício, de onde ele saiu para se atirar às águas do lago Guaíba, no Rio Grande do Sul, porque os belos irmãos Assis eram gaúchos.

A imprensa condena Dilermando antes de qualquer julgamento. As manchetes oscilam entre *Assassino!* e *O monstruoso matador de Euclides da Cunha*. Um júri absolve-o por legítima defesa, mas a acusação volta à carga, novo julgamento, relatos nos jornais do gênero "audacioso e cínico, a cuspir os seus olhares de escárnio sobre a multidão que o espreitava como um ser desprezível e asqueroso". O cronista Orestes Barbosa foi dos poucos a procurar entendê-lo: "Nunca houve no Brasil (e penso que nunca houve no mundo) um responsável eventual de delitos legitimados pela Lei, que se perpetuasse assim, durante quase meio século, à testa do seu próprio drama." Porque Dilermando se desdobrou em testemunhos, incluindo um livro. Outra rara excepção à fúria acusadora, Monteiro Lobato, o do *Sítio do Picapau Amarelo*: "Eu – o maior devoto de Euclides – agiria tal qual Dilermando. O animal que há dentro de mim, ferozmente acossado pelo animal existente no atacante, reagiria em pura acção reflexa – e no ímpeto cego da legítima defesa mataria até o próprio Shakespeare."

No segundo julgamento, Dilermando é novamente absolvido, casa com Anna, têm mais filhos. Até que, sete anos depois de Euclides, aparece Euclides Filho, agora seu próprio enteado, e alveja-o pelas costas, no meio de um cartório, para vingar o pai. A tragédia repete-se, Dilermando e Euclides Filho trocam tiros, morre Euclides Filho. Novo tumulto nacional, com o nome de Anna arrastado na lama, porque não só casara com o homem que lhe matara o marido como se mantinha a seu lado depois de ele lhe matar o filho.

Mas a história desse amor acaba aqui. Quando Anna, que ao todo engravidara onze vezes, entrou nos quarenta anos, Dilermando apaixonou-se por outra mulher, de quem teve uma filha, e casou com ela quando Anna fez cinquenta. Flor da virada do século no meio da burguesia carioca, Anna Sólon Ribeiro acabou tão pobre que uma das suas filhas se lembra dela a passar a ferro, camisa de dormir branca, com uma dor de dentes e sem dinheiro para um dentista. A dor era tal, e Anna era tal, que pegou num alicate e arrancou o dente.

A filha nunca esqueceu o sangue na camisa. Nada que de repente eu possa partilhar assim com o meu mecânico recém--saído do duche, tão fresco, tão jovial, tão destinado ao bem.

capítulo XII

UMA AGULHA NO DNA

Nadar, nadar, voltar ao Alentejo antes do poente. Adeus, Lolita, até domingo, se engordas mais chamo-te Bolita. Dois beijinhos no mecânico, à esquina, porque Carnide está no auge do naco na pedra, nada de cenas *calientes*. E as flores? Caralho, as flores vão ficar podres.

Voltei atrás para dar as flores à velhinha do rés-do-chão. A campainha dela é o Big Ben, uma pessoa toca e cai fulminada, portanto mal premi o botão. Mas o som deve ter chegado à Damaia, porque ela veio abrir logo, tão surda e amável como sempre. Não, esta inocente não ouviu nada do que se passou no primeiro andar. Acho que nem ouviria um elefante indiano, com as suas cinco unhas. Só questão de eu achar um que caiba na escada.

Nadei, nadei. Cá fora, os jacarandás estavam aquilo tudo. Ó, Junho, como Junho em Lisboa pode ser doce, sardinhas assadas, sangria, meus caros amigos. Eu tinha mesmo de arruinar a vida?

A do caubói, sim. Foco, foco.

Era o dia mais longo do ano, catorze horas e cinquenta e dois minutos de luz.

Meu bravo Lada, vamos voltar ao Alentejo, ao ponto em que o cabrão esbarrou em mim? Preciso de subir aquela ladeira, aguenta aí, não me falhes.

Não falhou. Uma das vantagens de morar onde moro é que levo o mesmo a vir de Lisboa que já me aconteceu levar em Lisboa a estacionar. Outra vantagem é que deixo tudo dentro do carro, tal como deixo a janela de casa aberta, a um pulo do chão. Tudo isto vai acabar daqui a nada, claro, mas talvez o mundo acabe antes.

Estacionei ao lado de casa, deixei tudo dentro do carro. Era a primeira vez que ia subir ao Castelo desde que o caubói abandonara a cidade. A ladeira acaba no arco da entrada, e à direita há um miradouro. Eu nunca reparara que era possível seguir em frente, contornando a muralha. É essa saída que impede o lugar de ser um beco. Tinha estado sempre ali, eu só não precisara dela antes. Então, em vez de entrar no Castelo, tomei o caminho ao longo da muralha, da colina, dos alicerces de tudo aquilo, e quando a cidade começou a escassear lá em baixo, e o caminho dobrou abruptamente, o que apareceu foi um crepúsculo de Van Gogh, um chão amarelo cortado por uma fita negra, um céu ainda azul mas já vermelho, um quarto de lua minguante, porque era mais tarde do que no dia em que o caubói esbarrou em mim.

E as ruínas do Paço, onde ele me agarrara o pescoço, já não pareciam biscoitos de um cão monumental, porque estavam longe demais, à distância de uma panorâmica.

Herdeiro das agulhas de osso do Paleolítico, um velho acupunctor numa montanha da China, lá onde o ar ainda não esteja mortalmente poluído pelo capitalismo de Estado, sabe de olhos fechados que ponto do corpo deve penetrar (meridianos, canais, fluxos, vísceras). Ao mesmo tempo, como nada é mais redondo do que o mundo não ter justiça, um caubói de trinta e quatro anos detém o mesmo poder e ainda fala do que não sabe. Mas se eu já me afastara do primeiro beijo até à distância de uma panorâmica, podia agora fazer o caminho inverso, até cem milhões de vezes mais perto, e espetar-lhe uma agulha na macromolécula do DNA.

A haver livro, terá de ser isso.

E enquanto uns meditam na morte, outros comem besugos, é uma lei da selva. Foi assim que ao voltar a casa liguei o telefone, sem bateria há horas, e soube que perdera um jantar com o meu amigo de Nafarros.

capítulo XIII

O FUTURO NOBEL

O meu amigo de Nafarros publicou 23 livros sem palavrões. Claro que os leu, devassos, dissolutos, malditos, desde os gregos, e até no original, não esquecendo quem ao longo dos séculos teve colhões e o caralho a quatro em português. Porém, ele é outro campeonato.

Acho que ele acha que vai ganhar o Nobel.

Na fila, é sabido, já estão o Lobo Antunes, o Gonçalo M. Tavares, o Mia Couto, algum brasileiro (mas qual?). Admito até que um poeta como o meu amigo tenha hipóteses, tendo em conta que o Saramago era romancista. Seja como for o melhor é não falar com ele sobre o assunto. Já nem sei se são 23 livros ou 32, pouco importa, ganhou prémios, está traduzido, tem epígonos, mulherio atrás. Conhecemo-nos de ginjeira, desde que casei a primeira vez e ele se separou a terceira. Era um antigo protegido da família do meu marido, católicos de esquerda, género Vigília da Capela do Rato, presos pela PIDE, com filhos que hoje votam no LIVRE. O meu amigo de Nafarros não é católico de esquerda, acho que nem vota, porque os poemas é que o irão da lei da morte libertando: a arte é o seu credo, o seu censo, o seu cartão de eleitor. Era o filho dos caseiros, gente limpa, verdadeira, daquela com que Salazar contou quarenta anos, olé.

Assim fora do Holocausto, no dia-a-dia, a banalidade do mal é isto, nem ricos nem pobres, remediados. Portugal é um país de filhos de remediados, a começar por mim. Como se sabe, os filhos matam os pais, o que em geral é mau para os Natais e bom para a arte. Não se trata de um cálculo, vai muito da pessoa humana, diria o meu mecânico.

Já que o cito, uma semana depois recordo-o com afecto mas um domingo está de bom tamanho. O problema não é ele e sim o facto de eu ser uma futura assassina. Só falta convencê-lo a parar com os SMS, que devem ser tipo *brinquedo*, fazer bem à vida com a santa. Nunca subestimar o contributo do *flirt* adúltero na saúde do casal. Adultério existe porque o casamento é para a vida, mas adultério é aquela tragédia, mortos, feridos e olhos furados. O ideal do bem-casado é o pré-adultério em contínuo, uns salpicos de vão de escada. Mensagem do meu ex-amante de domingo há uma hora: *Pacei pra dizer que a desejo*. Tesão não é a foda, claro, é a possibilidade. *Paçámos* a quarta semana de Junho nisto.

Fim de Junho é fresco em Nafarros. O futuro Nobel estava de férias na sua quintinha, como se isso fizesse grande diferença em relação ao resto do ano. O melhor das nossas conversas é poder dizer-lhe na cara estas coisas, quando ele me vem com a conversa de que é possuído pelo *duende* mas depois dá no duro. Eu dou no duro e o *duende* nem me traz um café. Sempre achei que mais, ou menos, do que talento, este meu amigo tem um dom para o talento. Será a diferença entre quem nasce brilhante e quem faz a angústia brilhar. Atalhando, um poeta de audiência.

Se o Nobel é um trono, todo o pretendente vai nu.

Portanto, o melhor das nossas conversas, na verdade, é poder troçar na cara dele daquilo em que eu própria acredito, porque acima de tudo ele é um vaidoso, desses que aos 65 anos fazem birras, se os deixarem. Feio como as trevas, com fama de cobridor das mais cobiçadas fêmeas, um clássico. As mulheres gostam de sentir a chama de um vaidoso feio como as trevas. É a chama do monstro, do marcado, para quem nunca nada é suficiente, até ao derradeiro tributo, a derradeira compensação. Perto disto, um vaidoso bonito dura um fósforo.

Enfim, há sábios desencontros de anos, amigos com quem poderíamos ter dormido à primeira, mas não tanto que isso nos tenha feito desviar um centímetro, só se e quando ambos viéssemos a estar solteiros, exasperados e bêbados. Foi o que aconteceu este último domingo de Junho em Nafarros, embora não seja impossível que tenhamos bebido para isso, o futuro Nobel e eu.

capítulo XIV

A RUIVA COM O REVÓLVER

Estamos meses sem trocar notícias mas ele tinha-me escrito quando foi para Nafarros, mal começou a fazer calor. Um daqueles *mails* de lírico ranzinza que encantam as mulheres quarenta anos mais novas do que ele. Eu sou só quinze anos mais nova, já não acredito que o lixo do mundo se reduz a um grão porque há a salvação de uma tarde comigo. Ele fode à tarde, é um hábito, tipo lanche, diz. A noite é para coisas sérias como a escrita cuneiforme, agora deu-lhe para os sumérios, não quer ser menos do que um Ezra Pound, sem o *handicap* de anti-semita. Lê cinco mil anos para trás, vê cinco mil anos para a frente, está acima das guerrinhas. Era com isso que enfeitava o *mail*, uns pictogramas sumérios, a ver se me fazia rir.

Mas só li aquilo como deve ser duas semanas depois porque o *mail* dele teve a pontaria de chegar no dia em que me tornei uma assassina e abri a biografia de Nelson Rodrigues: 1 de Junho. Era a minha Primavera mais cruel, bala no peito, revólver na mão. Eu não queria rir, eu queria disparar.

Não sou uma suicida: foi isto o começo de Junho, dia e noite, de peito estourado (veias, átrios, septos, ápices). Aquele filho da puta do caubói quase me matara à queima-roupa mas eu não ia acabar o trabalho sujo dele. Bala no peito, revólver na mão? Eu seria a assassina que quase foi morta. A próxima bala era para ele e eu não ia falhar. Mais, no segundo antes de apertar o gatilho diria, como uma irmã de Nelson Rodrigues, cabelo cor-de-fogo: esta bala vai curvar-te numa dor que nem sabes que existe, e cairás mais baixo que o mais baixo dos mais baixos, porque é daí que vens, cnidário gelatinoso, estômago de um só buraco, raça de boca-ânus.

Se virem por aí, é ele: sem espinha, sem remorsos e talvez com um bigode. Sim, porque antes da estreia do seu monólogo o caubói deixou crescer um bigode à Tom Selleck. Posso sempre alternar o escroto com o pentelho nasal, quando o pendurar sobre as brasas do fumeiro.

A propósito de brasas, a cabeleira ruiva com que idealmente eu o mataria é porque na biografia de Nelson Rodrigues os treze irmãos dele alternavam entre morenos e ruivos, e eu não queria ser a loura com o revólver, quando ainda por cima o mais bonito dos irmãos foi morto por uma loura com um revólver. Assim tomada e transtornada nem respondi, pois, ao *mail* do futuro Nobel. O que é um Nobel quando estamos a planear o nosso melhor homicídio, aquele pelo qual seremos encarceradas, sendo certo que não resta em 2014 a piedade para as assassinas de que a família Rodrigues se tornou vítima?

Acontece que o futuro Nobel quer porque quer quando quer, portanto a meio de Junho insistiu. Ia mostrar-me em primeira mão umas traduções que fizera a partir de uma transcrição inglesa do sumério. Respondi-lhe por SMS, no dia em que tive a avaria: *N sei nada de sumerios, sao mt velhos*, teclei. *Deixa-te de merdas e vem cá jantar, peço à Glória que asse um besugo*, respondeu. Nunca usa abreviaturas, já é um milagre que use o telefone. *Ok, logo vemos, tou parada a espera d reboq.*

Conheci o mecânico uma hora depois, dormi com ele uma semana depois, o telefone morreu antes de almoço e portanto não jantei com o futuro Nobel. Mas ainda nessa noite liguei para Nafarros, tinha de ser. Então, ele sugeriu que eu fosse almoçar no domingo seguinte, porque estavam uns dias lindos, ficaríamos no alpendre.

E lá fui, pelo caminho de cima, onde há quinze dias o Lada avariara. Tudo impecável, nada de fumo no radiador, só o céu resultante da flatulência dos rebanhos globais, toda aquela emissão de gás metano. Está cada vez mais difícil reconhecer o Verão, pensei. E o nível das águas subirá, e o dilúvio cobrirá a terra, e nem há-de restar o corvo que ao fim de quarenta dias põe a cabeça de fora. Porque isto não é o génesis, claro, mas sim o apocalipse.

Não hesitemos em foder hoje, amanhã já era. Seremos um glaciar derretido.

capítulo XV

CÂNTICO DO CABRITO

Tanque, pinheiros, alpendre, muro em volta, empregada de folga, estirador à sombra com um calhamaço de poesia suméria ricamente ilustrado, na capa Ushumgal, a Cobra-Dragão. De rabo ao léu e calças pelos tornozelos, o futuro Nobel tenta conhecer biblicamente uma velha amiga como faria qualquer cabrito-montês do *Cântico dos cânticos*. O impacto trepidante alastra ao estirador e faz tombar a cobra-dragão sobre o dogue alemão, fiel companheiro de um metro e dez. Cruelmente despertado da sua sesta depois de um alguidar de carne, o possante animal protesta junto às nádegas do dono que lhe dão pelo pescoço, porque o futuro Nobel não passa de um metro e sessenta e dois, sem meias. Mas não se veja nisto qualquer insinuação de bestialidade, que aliás Salomão não deixou escrita: a velha amiga do futuro cabrito Nobel era mesmo eu, e quanto a ser cabra é preciso que me dê tesão. Lamentavelmente já não era o caso, mas agora que tive um relance angustiante do presente, posso fazer uma regressão, diria Freud.

A caminho de Nafarros passei em Carnide, dei de comer à Lolita, nadei. O cabelo curto é uma vantagem para a vida aquática, à uma da tarde já estava na quintinha. Ainda o portão não acabara de abrir e já o colosso do dogue alemão vinha vindo, movendo placas tectónicas.

Um mimo, a quintinha. A Glória trata dos besugos e de tudo, bem filha de sua mãe, neta de sua avó, ainda parentes da família do patrão. Vem de segunda a sábado sem desguarnecer o domingo, deixa o *almocinho* feito, tal como a santa do mecânico. Mãe de sete, avó de uma catrefada, o patrão poeta não deixa de ser mais um. Patroa de levar a sério, cá em casa nunca houve, não creio. Só as bombas de desgaste rápido, *misses* troféu.

O garanhão esperava no alpendre, com as famosas sobrancelhas eriçadas. É de uma feiura fotogénica, um Nosferatu da zona saloia, pêlo cor de cinza. A falta de altura será a dos ancestralmente desnutridos, mas o tronco compensa em amplitude. Tudo nele rescende a gene de lavrador, suor de macho, e está por inventar algo que suplante a androsterona. Mas não se lhe pode dizer isto, ele sabe demais.

— Agora tens barriga? — Eu, chegando ao alpendre.
Ele olha para baixo, agarra um pneu.
— Fica-me bem. As mulheres é que têm de ser lindas.
Não te esqueças de pôr isso num poema, porque não é nada clichê. Leste a biografia do Nelson Rodrigues?
— Claro que não. Estou a aprender sumério.
— E portanto continuas uma besta. Mas digo isto dando-lhe o braço.

Como ele conseguiu ligar o botão do forno para aquecer o besugo, sentamo-nos ao estirador a ver as traduções.
— Sabes que há uma teoria segundo a qual o *Cântico dos Cânticos* não é mais do que uma versão juvenil de um poema sumério — diz ele, folheando o calhamaço com a cobra-dragão na capa.

— Juvenil como?
— Cortada, expurgada.
— Sem as partes picantes?
— Sabe-se lá.
— Também não ias traduzir essas partes.
— Que disparate.
— Se tivessem palavrões.
— Em sumério? Palavrões como?
— Quando é que vais ter colhões para escrever sobre sexo?
— Eu escrevo sobre sexo.
— Não. Aludes, saltas.
— A poesia é o salto.
— Qual é o teu problema com o sexo?
— O meu problema? Qual é o *teu* problema hoje?! Deram-te com os pés?
— Com as patas, mesmo. Mas não foi hoje, é a história da vida na Terra. Devias experimentar descer até nós.
— Não preciso, já venho do curral, como a rica bem sabe. O seu avô chegou a proprietário? O meu se calhar fodeu cabras.
— Ah, o ressentimento de classe. Ainda não perdoaste ao mundo seres o filho do caseiro? Não escrever palavrões é uma prova de ascensão?
— Isso bateu forte, hã? Quem é que te deu com os pés?
— Vai-te foder.

A gente alimenta-se disto sazonalmente, mas talvez nunca tenhamos estado tão solteiros, e tão exasperados. Ou talvez fosse apenas eu. Só faltava o vinho.

capítulo XVI

PAHHHHHH!

Eu trouxe o besugo, ele abriu um alvarinho e voltou ao princípio:
— Porque é que perguntaste se eu tinha lido a biografia do Nelson Rodrigues?
— Porque disseste aquilo de só as mulheres terem de ser lindas.
— E então?
— Ias achar afinidades. Quando ele casou, exigiu que a mulher deixasse de trabalhar, apesar de mal terem dinheiro para comer. Isto num Rio de Janeiro em que os tribunais tinham piedade das assassinas mas uma mulher decente não ia ao ginecologista. Em compensação as actrizes eram obrigadas a ir ao ginecologista.
— Tipo putas?
— Exacto, para a higiene da cidade. Mas não deixava de ser um tempo romântico. O Nelson Rodrigues ligava à mulher de hora a hora.
— Hoje seria um machista paranóico.
— E era, como tu. Nem precisas de suspeitar que te metem os cornos, basta que uma ex-propriedade tua passe a outro, pelo menos sem a tua bênção.
— Estás a falar do que não sabes.
— Não. Estou a falar das birras que fazes quando uma gaja que largaste aparece de repente com outro gajo. Para não falar do facto de ela ser quarenta anos mais nova. É suposto o quê? Não haver vida amorosa depois de ti?
— Ela tem trinta anos e não foi assim.

— Não descansaste até a roubares.
— Não foi assim, porra.
— O caralho é que não foi.
— Ela não estava bem com ele.
— Ah, então foi por ela. Tu realmente brilhas com a dor dos outros.
— Estás a falar do quê?
— Do que escreves.
— Mas o que é que tu achas que é escrever? Autoterapia? Não há dor do outro. Há dor.
— A sério? Poupa-me. Escreves sem um pingo de colhões. Nunca viraste do avesso o que está aí dentro. Pairas nas alturas, agora são os sumérios. Estás a tentar provar o quê? Mete o dedo na tua ferida.
— Se lesses um bocadinho saberias que o que há mais é gente a meter o dedo na sua ferida.
— Mentira, o que há mais é anemia.
— Isso é comigo?
— Não. Serias um grande poeta se não tivesses essa necessidade de ser compensado, esse pânico de perder gajas, perder leitores, perder a vez, perder a glória. O mundo não te deve nada e tu não deves nada ao mundo, não tens nada a perder. Em vez disso és um cabrão cheio de medo.
— Deixa ver se entendo. Está um dia lindo, és minha convidada, vou mostrar-te uma coisa com cinco mil anos, e tu entras por aqui tipo picareta neurótica?
— Perdão, já me esquecia de que os gajos têm mau feitio e as gajas são neuróticas. E não está um dia lindo.
— Agora vais ouvir. O gajo que te deu com os pés é meu amigo? Dei-lhe abrigo, viste-o aqui? Ou temos algum problema mal resolvido que eu não saiba, tu e eu?

— Hahaha! Alguém que prove que a Terra não gira à tua volta.
— Diz lá, dá-te tesão esta merda? Queres foder, é isso?
— Contigo? Não me passou pela cabeça.
— Claro que passou.
— Uau, que ego. É um buraco que não acaba. Achas que todas as mulheres querem foder contigo?
— Não, acho que todas as mulheres querem foder.
— Bingo para o Nelson Rodrigues! Ele também achava que todas as mulheres queriam foder, e escreveu sobre isso de uma forma que me faz chorar, imagina. Choro ao ler Nelson Rodrigues, chorei ao ler a biografia de Nelson Rodrigues, chorei ao ler que ele liga à mulher de hora a hora, chorei ao ler que ele escreve que se o amor acaba não era amor, chorei ao ler que ninguém o abraçou na noite da estreia de *Vestido de noiva*, chorei pelo pai, pelos irmãos, pela mãe grávida catorze vezes, pela fome que passaram, pelas namoradas que ele não teve, pela tuberculose que lhe roubou anos, pelos dentes todos arrancados, pelo menino no muro a espiar a louca nua, na descoberta de que as mulheres querem é foder, são a garota de biquíni e o umbigo da adúltera, esse buraco de onde os homens saem e para onde toda a vida são sugados, porque o destino das mulheres é pecar.
— Ele era contra o biquíni?
— És um cínico de merda.
— Estou a falar a sério.
— Eu também, mal comecei. Então, como tu e o Nelson Rodrigues sabem, o que todas queremos é foder, nada mais certo. E sabes porquê? Porque todas as abelhas querem é foder. Abelhas, antas, catatuas, rodovalhos, até os homens, claro, todos os homens desde o início dos tempos que sempre quiserem foder, e sempre foderam como quiseram, e fode-

ram as irmãs, as mães, as filhas, os filhos, os adolescentes, os homens de barba rija, os homens de barba rija pela calada, os adolescentes pela calada, nas costas das mulheres com quem se deitavam todas as noites, porque o amor é eterno, e ainda assim vigiando que elas não saíssem de casa, que não olhassem para mais ninguém, ou enchendo-as de pancada, ou fodendo-as quando elas não queriam, ou fodendo outras quando elas não queriam, porque toda a gente sabe que o que as mulheres querem é foder, além de foderem o juízo de toda a gente, umas às outras e aos homens, que também só querem é foder mas isso ninguém acha estranho, e sempre é mais difícil uma mulher foder um homem à força, rebentá-lo como um homem pode rebentar uma mulher se a foder à força, porque as mulheres só querem foder, mas querem foder só quando querem, imagina.

— Espera, vou buscar mais vinho.

— Não me interrompas, caralho!

— O teu copo é que está vazio. Ok, fica com o meu.

— Portanto, fica a saber que sim, eu também só quero foder, de preferência muito, de preferência bem, para que também eu me possa vir, de preferência várias vezes, porque nós temos essa interminável vantagem, não é?, embora ao longo da história vocês tenham feito tanto para nós nem termos tempo de lá chegar, de descobrir que não só queríamos foder o tempo todo como, não é sensacional?, podíamos mesmo foder o tempo todo se estivéssemos com tesão, além de que éramos o único animal do planeta com um órgão ao serviço exclusivo do orgasmo, nem procriador nem excretor, enfim, hipóteses múltiplas para orgasmos múltiplos, como na canção do Caetano. Sabes do que estou a falar?

— Não faço ideia.

– Claro que não fazes. É uma canção chamada *Homem*, que diz: *só tenho inveja da longevidade e dos orgasmos múltiplos*. Aliás, outra vantagem, depois dos quarenta somos capazes de ter melhores orgasmos do que aos vinte, dava-me até jeito um escravo em regime de voluntariado para não perder tanto tempo com quem não o levanta, ou se vem num minuto, ou não gosta de mulheres e não sabe, ou gosta de mulheres mas nesta fase da vida queria era experimentar comer o cu de um gajo, ou fode como se fosse casar amanhã com quem lhe pode ser útil, ou fode como se fosse casar amanhã com quem só quer casar com ele, ou fode por fora a torto e a direito apesar de ser um homem casado, mas de quem nunca se dirá que só quer é foder, porque antes de mais é um talento, pelo menos um profissional, pelo menos bom pai de família, e não tenho a menor dúvida de que seja. Podes ir buscar mais vinho, obrigada.

Já não interessava nada do que ele pudesse dizer. Eu deixara de estar ali, eu estava em qualquer lugar. Tudo o que eu precisava era de chegar o mais longe possível e ouvir o estouro: PAHHHHH!

Seria o revólver na minha mão.

capítulo XVII

ISTO NÃO É SOBRE AMOR

Nelson Rodrigues, mestre do vermelho-sangue, não concordo que *toda a gente concebe a sua fantasia homicida*, ou então é mesmo fantasia, fugaz homicídio de Carnaval. Mas vontade firme, continuada? Acho que isso não está lá antes, chega como o big bang, um sol súbito, subjugando satélites, no caso de chegar. A mim nunca ocorrera até ao momento em que aquele filho da puta do caubói voltou costas sem um esforço. Garanto-lhe que se eu tivesse morrido na véspera morreria virgem dessa vontade homicida. E, vendo as coisas assim, que pena seria. Hoje sou uma pessoa muito mais rica humanamente, como dizem as pessoas na televisão, mesmo quando atropeladas por um camião TIR.

Sai um cesto de cerejas do Fundão, mais o resto do alvarinho que ficara a gelar. O futuro Nobel fez-se galante, género truque de acalmar malucos. Estava na cara que achava que eu sofria atrozmente. Achei justo esclarecer:
— Isto não é sobre amor, entendes?
— Então?
— Só quero matar o gajo.
— Ah, fico mais descansado.
— É a sério.
— Só queres matá-lo mas fodias com ele agora.
— Penso nisso todos os dias. Mas ainda penso mais em matá-lo. Não quero que continue por aí vivo, a comer e a beber

como um javardo. A última vez que o vi, quando por acaso parei num semáforo, bebia imperiais com jaquinzinhos numa esplanada. Quero matá-lo para ele nunca mais beber imperiais com jaquinzinhos, percebes? Então se penso nele a foder quero matá-lo antes e depois.

— Mas quem é ele? E como é que eu nunca soube dessa história?

— Porque não falamos há um ano. Porque estavas a escrever, e depois a lançar um livro, e depois em turné. Será? Não. Vou dizer a verdade: porque não falei disto a ninguém e acabou de acontecer há um mês. Não importa quem é o gajo, nem o que fez, mas o buraco que abriu. Durante algum tempo ainda me pareceu possível que caísse de joelhos a pedir perdão. Não, nada, imagino que tenha engendrado uma narrativa para continuar a ver o próprio bigode ao espelho. Então o buraco fecha com tudo lá dentro, e os pormenores do que aconteceu vão desbotando como pele queimada, porque a pele nova tem uma memória nebulosa da anterior, como nas guerras o neto tem do avô. O que resiste com nitidez é a vingança, vingança de ter sido abusado, vingança da honra. Às vezes, por um segundo, esqueço-me do que ele fez, mas o resultado já tem vida própria. Não é sofrimento nem é atroz, é uma fúria de fotossíntese, que absorve tudo. Sabes o que descobri? Que a vingança é uma espécie de amante. Toma o lugar do morto na cama.

— Vou abrir outra garrafa.
— Vamos beber tanto assim?
— Acho que é a única saída.

O futuro Nobel acendeu um charuto. Tem dentes de fumo, dedos de fumo, até pele de fumo, de tanto charuto. Beijo de charuto é péssimo, pensei eu, só para chatear. Ele fumava com uma mão e bebia com a outra, observando-me enquanto eu comia as cerejas do Fundão. Parecia estranhamente satisfeito, talvez porque, com a boca cheia de cerejas, eu não conseguisse falar. Ou então eu tinha-lhe dado alguma ideia.

— Estás à coca do que digo?

— Como assim?

— De repente achaste que isto podia ser útil para o teu próximo livro, desde que expurgado dos palavrões.

— Mas quais palavrões, estás doida.

— Expurgado e sublimado até ao Olimpo, porque vocês são a nata das sanguessugas.

— Ah, nós, as sanguessugas. Cá estamos, desde a escrita cuneiforme. Não conhecia essa popular dentro de ti.

— É o meu lado Canidelo. A gente lá em cima não tem a língua presa.

— Não me lixes, há trinta anos que não moras no Porto.

— És mesmo um saloio, Canidelo é Gaia. O que é que tu sabes do Canidelo?

— Que D. Pedro montou lá uma *garçonnière* para Inês de Castro.

— Isso é a versão marialva. Na verdade, era um Paço, onde eles viveram juntos e tiveram uma filha. O liceu onde andei até se chama Inês de Castro.

— E depois? Não me digas que não havia Literatura Comparada no Canidelo.

— Eu queria sair de casa dos meus pais, foi por isso que pus Lisboa em primeiro lugar. Mas nunca falei como se fala em Lisboa, foda-se. O lisboeta tem uma gravata na língua, acha que o palavrão é para quando se descuida. Não entende que é ele quem faz do palavrão um descuido. Todo o palavrão tem arte, a gente lá em cima sabe.

— Não te preocupes. És gira e loura, podes dizer palavrões.
— Não estou preocupada, gosto dos meus palavrões.
— Agora, podes deixar de chatear os outros porque não escrevem como tu achas que escreverias.
— Não é nada disso. Só me espanta que o sexo seja tão contornado.
— Não acho que seja tão contornado, nem te vou dar uma lista.
— Ok, muita gente teve colhões, mas e hoje? Além de que quem escreve sobre sexo fica reduzido a uma categoria. Se não for anónimo, é maluco, exibicionista, agente provocador ou filósofo, como o Sade.
— Mas o Sade é filósofo.
— O que estou a dizer é que, em geral, há a ideia de que os escritores-escritores não fazem isso, ou só no fim da vida, tipo posteridade, ou só como adenda picante, como se a pornografia fosse sempre o sótão ou a arrecadação, qualquer coisa à parte.
— Define pornografia.
— Não enquanto excitante deliberado, embora não se defenda desse efeito. No sentido de qualquer conteúdo que explicite qualquer situação sexual.
— Define explicitar.
— Oh, por favor. Cansas-me.
— Vou resumir. Um, não me interessa o explícito. Dois, já muita gente escreveu sobre sexo. Três, antes fazê-lo.
— Ok, ganhas por KO.

Com todo aquele vinho estava visto que eu não ia fazer cento e trinta quilómetros para o Alentejo tão cedo, pelo menos antes de uns cinco cafés. Aquilo do KO era verdade. Eu estava farta de falar. Uma canseira convencer os outros, sobretudo quando nem eu própria estou convencida, ou até discordo do que digo. Há gente, grandes amigos mesmo, que acirram essa capacidade. O futuro Nobel é o maior de todos eles. Por mim, estava encerrada a conversa, podíamos tentar a outra saída. E a verdade é que, sim, eu tinha curiosidade. Foi então que ele me agarrou pela nuca, cobrindo-a com a sua pata de Nosferatu. Estávamos finalmente num filme mudo.

Porém, mal abri os olhos acabou o filme. Havia o dogue alemão, havia demasiada luz, havia o futuro Nobel a desapertar as calças e conhecemo-nos há trinta anos.

Resumindo, antes de começar eu já não queria. Mas, como às vezes acontece, e acontece bastante quando bebemos, ficara tarde demais para não começar.

capítulo XVIII

O LIVRO VINDO

Outra coisa que acontece bastante quando bebemos é uma espécie de imunidade heróica, inabalável. Foi assim que cheguei de Nafarros directa para o computador, abri um ficheiro chamado *Amante.docx* e o que se emaranhara na minha cabeça durante a viagem de carro saiu de chofre. Já não era o livro por vir, era o livro vindo, desde o título. Sim, *O meu amante de domingo* parecia-me bem, assim posto na página.

Tudo começaria com uma narradora que decide escrever depois de se apaixonar por um impostor. Eu não revelaria o que pusera fim abrupto à relação. Importante era a fúria, a luta armada, a pulsão de vida contra os filhos da puta. O livro seria uma espécie de antropofagia, ela comendo o inimigo para ficar mais forte, como uma tupi portuguesa no Verão de 2014. Estaria há pouco tempo no Alentejo, como eu, mas noutro Alentejo. Podia ser, por exemplo, arqueóloga, escavar enxovais de judeus na Serra de São Mamede. Pouco importava se existia mesmo um Campo Arqueológico lá. Eu não diria onde, podia ser só Alto Alentejo. E o impostor? Um discípulo, um doutorando, para ela o filho da puta. Tudo com uma nota delirante, cutucando o cânone. Várias notas mesmo.

Escrevi até cair na cama, mas então aconteceu uma coisa que só acontece quando temos tectos de madeira, e por causa disso não adormeci, e levantei-me para escrever, e apaguei quase tudo o que escrevera, e voltei a cair na cama, e de repente, qual relâmpago, o livro veio.

capítulo XIX

ANUNCIAÇÃO

ESCREVE COMO SE ESTIVESSES MORTA. Ao fim de uma noite em que um exército de carunchos me roeu o cérebro, esta frase apareceu entre mim e o tecto, género Anunciação. Considerai o caruncho, as suas asas coriáceas, os seus quase três olhos no tórax. Tal como a vingança, o caruncho é muito subestimado até se manifestar, geralmente no Verão, geralmente no tecto. A trave é a sua treva, o Verão, o nosso inferno. A minha casa no Campo Arqueológico é daquelas com traves de pinho no tecto. Agora que sei do que falo, em verdade vos digo: deixai os pinhos no campo. Pois não há nada que um caruncho aprecie mais do que um pedaço de pinho, como o meu amante de domingo diria que eu aprecio o sexo. A não ser que andeis pensando dar cabo de um filho da puta, no Alto Alentejo e com gerúndio. Aí, sim, de uma boa trave infestada pode vir a revelação, foi o que descobri de madrugada. Claro que em Portugal não dá para dizer madrugada sem pensar em *triste e leda*, quando o que apetece dizer é puta que pariu. Mas, de uma forma ou de outra, Camões está sempre certo: nessa madrugada eu vi as palavras que podiam *tornar o fogo frio*. Uma futura assassina tem de atravessar a treva com todos os seus carunchos até ver o anúncio entre ela e o tecto, ou seja, o texto, e aí é: saiam do caminho, que vou escrever.

Carunchos me fodam se eu jamais pensara escrever. Aquilo de escolher um narrador, se é uma terceira pessoa omnisciente e pode tudo, se é uma primeira pessoa e a quem se dirige, os dispositivos, os estratagemas, os imperativos categóricos. Quantas vezes ouvi um amigo poeta, tido como futuro Nobel, pregar aos apóstolos, poetas e prosadores: pergunta a ti próprio, preciso mesmo de escrever isto? Pois na alvorada da Anunciação a minha resposta, olho no olho do caruncho, foi: sim, preciso tanto de escrever isto que posso escrever como se já estivesse morta.

E como, idealmente, a génese do texto engendra o seu próprio género, e eu sou uma optimista que julga falar a dois leitores, é já a vós que me dirijo, assim no plural.

Ok, esta ideia de me fazer de morta teve um empurrãozinho de Brás Cubas. Tenho uma amiga portuguesa no Rio de Janeiro, amiga de um carioca que está a escrever sobre Machado de Assis. Quando ele descobriu que ela nunca tinha lido o Machado, impingiu-lhe um calhamaço com três romances, dizendo que bastava ler o primeiro para não parar. O primeiro era *Memórias póstumas de Brás Cubas* e ela percebeu que ele tinha razão. Tão divertida andou com Brás Cubas que fui lê-lo. Isto, no começo de Março, estava eu a instalar-me no Campo Arqueológico, longe de imaginar que daí a dois meses cairia nos braços de um impostor, e daí a três meses decidiria matá-lo, o que mostra como a nossa história foi curta, o que mostra como uma história curta se torna longa para uma das partes, quando uma está em movimento e a outra parada. Vai-se a ver e a teoria da relatividade não passa disso.

Mas, antes que o Einstein dê uma volta na tumba, um minutinho de atenção a Brás Cubas. Quem é ele, afinal? Um truque do caralho que o Machado arranjou para falar de adultérios e que tais, sempre calado que nem um rato quanto a si próprio. Depois de ler todas as biografias dentro e fora do mercado, o amigo da minha amiga concluiu que é impossível provar qualquer adultério na vida de Machado, lá em 1800 e troca o passo, quando o adultério era tão praticado no Rio quanto em qualquer romance de Camilo que meta padres. Aliás, parece que o Machado tinha um casamento à prova de bala com uma tripeira que foi para o Rio cuidar de um irmão, por acaso ou não compincha do Camilo. Já nos romances dele, Machado, o adultério é sempre a aviar, casinhas montadas, coches de cortina corrida. Portugueses e brasileiros podiam resolver assim as suas diferenças, trocando adultérios na literatura. Português, conheça o Brás Cubas, a Virgília, o Rubião, a Sofia, o Bentinho, a Capitu, com eles qualquer madrugada será menos triste e leda. Brasileiro, a coisa vem do início, sabe-se lá por quem el-rei suspirou *Ai flores do verde pinho*. Se Capitu foi adúltera, ninguém viu. Quanto a D. Dinis, até no pinhal, diria eu. Mas o bom dos poemas bons é que não ganham caruncho, são praticamente criptomérias.

Porque é que Brás Cubas pode falar de adultérios, começando por aquele em que se mete? Porque está mortinho da silva. Não mortinho para falar, mas realmente morto. Como finado que é, defunto mesmo, bateu as botas e portanto não tem contas a dar, ou se tem já está no além, que se dane. Canónico ainda em vida, Machado de Assis riu-se assim do cânone, desde a Advertência de Brás Cubas: "A gente grave achará no livro umas aparências de puro romance, ao passo que a gente frívola não achará nele o seu romance usual; ei-lo aí fica privado da estima dos graves e do amor dos frívolos, que são as duas colunas máximas da opinião." A quem, então, se dirige o falecido? A cem, cinquenta, vinte, dez, talvez cinco leitores, um ao menos, que seja: "Se te agradar, fino leitor, pago-me da tarefa; se não agradar, pago-te com um piparote, e adeus."

Prezados, mal acabei de o ler, ele deve ter hibernado nas traves do meu tecto, porque ainda era Inverno. Quando veio Junho, cruzou-se com o caruncho e deu-lhe um piparote. Foi a madrugada da Anunciação.

Então, a questão deixou de ser a quem me dirijo, mas a quem se dirigem vocês quando me perguntarem a quem me dirijo. É que lavo daí as mãos. Far-me-ei de morta, combinando assim a irresponsabilidade de Brás Cubas com a agenda de uma gaja que ainda tem de dar cabo de um impostor. Há isso, bem vêem, não posso morrer já, pelo menos antes de acabar este livro, logo, sempre depois de Brás Cubas, que já está morto na Advertência. De modos que vou-me a ele e fico com o que me dá jeito, ser a narradora que pode dizer o que lhe aprouver da própria vida, já que de qualquer forma vai tirar uma vida, e que é isso perto do receio de constranger os parentes, a senhoria, o contabilista, o gato.

Aliás, o gato não, porque todo o gato está acima do constrangimento.

Quando a curta-mas-longa história do impostor explodiu na minha cara, género *cocktail molotov*, a minha amiga no Rio de Janeiro insistiu numa terapia freudiana qualquer antes que eu me afundasse na anedonia, na apatia, na anorexia, na bulimia, na diminuição da capacidade de raciocinar, de me concentrar ou tomar decisões, na lentidão, na fadiga ou na sensação de fraqueza, na insónia, na hipersonolência, na redução de interesse sexual, no retraimento social, na ideação suicida, enfim, no prejuízo funcional significativo, como faltar muito ao trabalho (e com isto esgoto a cota de uma-lista-retirada-da-wikipédia a que tenho direito). Só que o meu autodiagnóstico não era depressão, pelo contrário, era aquele gás, aquela energia, aquela euforia avassaladora que se pode resumir como *ira*. Eu bramia, rugia, rosnava, uivava, urrava, em suma, e empunhando as crónicas de Nelson Rodrigues, ululava. Terapia, só em alguém recuperável para coabitar na mesma era geológica que o filho da puta, e o óbvio ululante era que esse alguém não era eu. O meu lugar na wikipédia agora passava pelo Código Penal. Não que a terapia, a transferência, a transfusão de sangue mesmo, não sejam solução. Eu é que não tinha solução. Eu já era uma outra.

Ok, então escreve uma ficção, sugeriu a minha amiga. Qual ficção, quero a verdade ululante, respondi eu. Inventa um *dispositivo*, contrapôs ela, ou então escreve poesia.

Acho graça. Os gajos da prosa têm de inventar *dispositivos*, os gajos da poesia podem fazer o que lhes dá na telha. A prosa é funcionária, engenhocas, prestadora de contas, e a poesia é o altar acima da compreensão e da incompreensão. Na sua entrega ao que lhes é superior, os mortais permitem ao poeta tanto quanto ele se permita. O poeta é lido no assombro do que não tem resposta, porque é o único deus vivo, só aparentemente no meio de nós. Já repararam que ninguém pergunta aos poetas a quem eles se dirigem? Por acaso alguém anda aí a perguntar, caro Herberto Helder, quando diz *dai-me uma jovem mulher*, quem é o eu do poema? Todo o amante? O poeta bruxo? O espírito santo?

Salvo seja, porque uma pessoa em 2014 já não pode invocar o espírito santo, mesmo que Herberto respondesse.

Eu reclamava para a prosa, em suma, a soberania automática que se atribui à poesia. Queria escrever *dai-me um homem que não* pense e que ninguém viesse perguntar quem era o eu da prosa, até porque eu estava a deslocar-me de estúpida-que--nem-uma-porta para assassina, iam apanhar-me em trânsito, não dava jeito. Nisto se desenrolou o infernal impasse entre a Primavera e o Verão. Mas depois veio o solstício com o seu despertar dos carunchos, e então vi a luz nesse país distante que é a própria cabeça quando escavada por galerias.

Que epifania, um caruncho. Prezados, doravante pensem no meu caruncho como Kafka e Lispector pensaram na barata. O caruncho é a minha barata, a minha *Metamorfose*, a minha *Paixão segundo G.H.*, o que talvez queira dizer Género Humano. Caruncho amigo, eu quero ampliar mil vezes as tuas estrias, as tuas escamas, observar a sonda com que sulcas o pinho e a minha cabeça. É por ti que derrubamos florestas, caríssimo *Hylotrupes bajulus*, em inglês *Old house borer*. A ambição de quem escreve, aliás, será só essa, chatear casas velhas. Por conseguinte, como Kafka, como Lispector, como Flaubert, direi: o caruncho sou eu.

E já que me faço de morta, tão inimputável quanto as personagens que dizem o que não se diz, posso acrescentar uma coisinha sobre a Lispector? Ela faz-me lembrar aquele conto da Sophia que a gente lia na escola, *O retrato de Mónica*. Na minha memória, a Mónica da Sophia sentava-se sempre dentro da moldura, era o próprio retrato modelo. Ora, Clarice Lispector, que foi o oposto disso para mim quando descobri *Perto do coração selvagem*, tornou-se o retrato modelo de si própria quando li um trecho em que Lygia Fagundes Telles conta como ela a aconselhou a não rir para ser respeitada. Nunca mais consegui ver uma fotografia de Lispector sem pensar nesta autoconsciência de esfinge, a pose, o porte, a postura hierática que transforma o enigma em ícone. Mas a audácia do texto não devia ser o seu único rosto?

Se fosse para falar do texto de Lispector agora, pírulas, balhelhas, fora de mim que estou, eu diria que a determinação dela em conhecer a vida até ao interior de uma barata é uma forma radical de optimismo. Os optimistas são sempre aqueles que, de algum modo, estão de fora: a salvo dos danos irreversíveis da fome. Então eu diria que, se Clarice Lispector *quer ser* a barata, Nelson Rodrigues *é* a barata.

Talvez por isso a entrevista que ela lhe fez seja tão ansiosa. As respostas dele é que salvam as perguntas, o tempo todo. Ele salva-a.

Ainda bem que estou praticamente morta, imaginem dizer estas coisas e continuar a ir à rua, ao Facebook, ao Rio de Janeiro, onde Lispector arde no peito salgado de cada devoto. Seria como profanar o Futebol Clube do Porto ou mesmo Maria Gabriela Llansol: *run for your life*. É que às vezes o próprio texto, sem esfinge nem nada, é adorado e passa a ser o Texto. E aí, o que o salva da idolatria?

Só a auto-sabotagem salva.

Iconoclastas, anti-idolátricos & auto-sabotadores: seria o meu partido se eu não fosse uma selvagem, mais do que nunca agora, quando o único poder que me interessa é sobre mim própria, para fazer o que tenho a fazer. *Pois toda a gaja mata aquilo que ama*, conforme pensou Oscar Wilde no calabouço onde o encerraram por imoralidade. Ou, na versão FCP: se é para os comermos, vamos comer campeões. Tal como um antropófago come o que lhe tira força, e todo o índio crava os dentes na ferida para sugar o veneno.

Enfim, rematando a dupla Lispector & Rodrigues, ela é a que se salvou da fome com grande apetite, ele é o que não se salvou da fome com danos para sempre, e ainda distorcido à esquerda, à direita. Aquele que mais do que uma vez teve de gritar para uma plateia de vaias: BURROS!!!!!!!!!!!

Bom remédio, totalmente grátis. Aplicai, prezados leitores.

E, aos doze minutos de jogo, que é como quem diz, doze mil caracteres de livro, sai Lispector mas, claro, mantém-se Rodrigues, meu ponta-de-lança do além, apesar de trinta por cento cegueta e cem por cento monoglota, o que nunca o impediu de ir ao Maracanã nem de ler Dostoiévski. Ele, que nem sequer se fingiu de morto para contar a própria vida, acompanhará o desfecho deste Verão até ao último, sangrento lance.

capítulo XX

ESTÁ A FALAR COMIGO?

Eis o que dava um mecânico somado a um futuro Nobel, três garrafas de alvarinho e cinco cafés: *O meu amante de domingo* começara a brotar aos borbotões, naquela noite em que voltara de Nafarros.

Então, uma semana depois, o primeiro domingo de Julho era o primeiro em que nem me apetecia ir a Lisboa, de tal forma queria dar cabo do caubói no livro, transfigurado num impostor que não chegaria a aparecer. Seria a minha certidão de óbito por antecipação, visto que após o dito talvez me lançassem num calabouço género Oscar Wilde, sem banda larga, nem nada. Não obstante, a Lolita precisa de mim e a minha cervical precisa de nadar, portanto fui mesmo a Lisboa, e até mais cedo do que o costume, para despachar o assunto, primeiro Carnide, depois a piscina, que desde o caubói se tornou o lugar onde vejo mais gente sem ver ninguém.

Fora a minha amiga no Rio, a mãe dela e o futuro Nobel, os amigos acham que desapareci do mundo dos vivos porque estou a rever uma nova tradução do *Ulisses*. Foi uma quase-verdade que pus a circular quando decidi dar todo o tempo livre que tinha e não tinha ao caubói. Quase, porque ainda não tinha começado a rever o *Ulisses*, verdade porque sabia que ia pegar nele a meio de Junho, quando acabasse a biografia de Nelson Rodrigues. Este tradutor é nada menos do que o filho de uma minhota de Viana com um gaúcho de Pelotas radicado em Dublin. Será, pois, o primeiro *Ulisses* luso-brasileiro-irlandês. Ele passou dez anos a trabalhar nele e eu tenho um mês.

Por acaso, na página em que parei ontem, o senhor Leopold Bloom matutava, antes de atravessar a rua: *Pelo olhar dela garanto que tinha um amor não correspondido. Muito difícil negociar com esse tipo de mulher.* Referia-se a uma freira, mas eu pensei: está a falar comigo?

Sempre quis perguntar isso a alguém, com aquele sotaque à Robert De Niro. Portanto, terá de ser alguém que eu trate por tu, portanto, não um mecânico, e não um personagem irlandês em 1904, que não interromperia o seu fluxo de consciência por mim.

Como o entendo bem, senhor Bloom. Vinha eu de Carnide, já a avistar a Praça de Espanha, quando do meu fluxo de consciência pipocou a sequência de amantes que eu devia criar no livro, a folhagem cronológica por entre a qual pulsaria o duelo com o filho da puta, ou seja, a verdade ululante. O livro podia ir de amante de domingo em amante de domingo até ao duelo final, pensei. Primeiro, um Sancho Pança, vagamente inspirado no mecânico. Depois, um Nosferatu, ainda mais vagamente inspirado no futuro Nobel. Mas precisava de um Apolo que tirasse a proa ao caubói, porque a proa de um caubói é a sua coroa. Ora, aonde estava eu a chegar, já contornando o Parque Eduardo VII? A um estaleiro de Apolos, piscina & ginásio. Moldes, imagens para o livro. E talvez um não fosse *gay*. Estatisticamente ainda é possível.

capítulo XXI

FLASHBACK DE UM ENGATE

A vantagem dos engates de ginásio é que já estamos seminus, afogueados e ofegantes, toda uma promessa do que o outro pode ser nas nossas mãos. Não que eu tenha muita biografia no assunto. Aconteceu apenas uma vez, aos vinte e três, logo depois do meu primeiro marido. Casei cedo mas não prolonguei o erro, e numa daquelas manhãs em que tudo zumbia e zunia na sagração da Primavera (estames, estigmas, corolas, carpelos), deitei-me num banco de abdominais com dois pesos nas mãos, uma perna de cada lado. Qualquer pessoa num ginásio já é obscena, e ainda há espelhos por toda a parte. Tirando o som à imagem, eliminando as batidas *house*, ficam só corpos retesados até ao paroxismo, com intervalos de prostração entre cada série. Tudo isso era também eu, com os meus músculos dos vinte e três anos, ó, os meus músculos dos vinte e três anos, iliococcígeo, pubococcígeo e períneo acabados de revelar em sessões orientais. Isto, porque o meu primeiro marido, com quem eu começara a namorar aos dezoito, recém-chegada do Canidelo, já não era católico de esquerda como os pais, só beto porque isso não sai, e lia Khalil Gibran. O sexo com ele era uma espécie de InterRail na Tailândia, corríamos de uma cambalhota para outra. Ou seja, aos dezoito eu não fazia sexo, fazia acrobacia, e os dezoito duraram até aos vinte e oito, que foi quando levei um pancadão, vi estrelas, e depois tudo negro: afinal, o sexo era um salto mortal mas para dentro. Estar na cama com alguém por quem estamos apaixonados e que não se apaixona por nós, não se apaixona por nós, não se apaixona por nós. Só descobrimos que o sexo é um túnel ao cairmos num buraco.

O tal engate de ginásio foi uns anos antes desse buraco. Lá estava eu, deitada num banco de abdominais, com dois pesos nas mãos, uma perna de cada lado, quando uma cara masculina apareceu por cima da minha, exactamente no momento em que eu acabara de içar os pesos e contava mentalmente até vinte. A minha cara devia estar como a de uma parturiente no auge, a última coisa que eu queria era ser engatada, pelo menos até acabar de contar. Só que a cara dele era vietnamita, e isso mudava tudo porque eu não lia Khalil Gibran e sim Marguerite Duras. Como desperdiçar a oportunidade de ter *um amante vietnamita*? De modo que não foi nada difícil ele convencer-me a jantar nessa noite mesmo, e como até morávamos ambos no bairro podíamos comer uns mexilhões por ali, numa esquina que havia. Depois, seria só a indecisão da casa, rua abaixo para a minha, rua acima para a dele. Ora, mal ele contou que era inquilino temporário de uma maga acabou-se a indecisão. Como desperdiçar a oportunidade de ter um amante vietnamita *em casa de uma maga*? A curiosidade é o princípio activo do tesão, muitas vezes é mesmo princípio, meio e fim. Subimos a rua, subimos ao último andar, uma casa toda branca: móveis, paredes, objectos, cama. Entre a primeira cambalhota e a segunda, clínicas de tão limpas, o amante vietnamita ainda propôs aquilo a que no tempo de Nelson Rodrigues se chamava *fubá mimoso*, ou seja, cocaína. Só faltava o pingo de sangue em cima de todo aquele branco. Eis senão quando o vizinho de baixo matou a mulher, o filho e o gato à machadada antes de se suicidar, matança que Nelson

Rodrigues teria transformado em tragédia a uma velocidade dactilográfica, e mais uma vez lhe valeria a acusação de tarado, quando uma vez mais seria *a vida como ela é*. No meio de tudo isto, a maga foi lá a casa buscar um espelho e teve uma visão: Portugal, que então se preparava para singrar na espuma da prosperidade, naufragaria até ao último banqueiro vivo lá para 2014; de Marguerite Duras restaria uma memória incerta, como a de folhear jornais ou as editoras, em geral, serem independentes; e só o azeite salvaria a nação, com pão sem glúten, vinho orgânico e cruzeiros *gourmet*. Disto concluí que o melhor era trocar o amante vietnamita por um jovem agricultor biológico o quanto antes, pelo menos antes da última imagem que apareceu no espelho da maga: um cemitério de cruzeiros desde Vila Real de Santo António a Caminha, novecentos e quarenta e três quilómetros de planos estratégicos de turismo, costa portuguesa e ferrugem.

Concluindo, no frescor juvenil dos anos 1980 o menos interessante do amante vietnamita era ele próprio. Acontece nas melhores famílias, gente que se apega à história, à casa, ao cão, à avó que foi pauliteira, mais a romãzeira em Junho, a lareira em Dezembro. E o Natal, sempre o Natal, que fazer ao Natal.

capítulo XXII

O MEU ESTILO É COSTAS

Num voo directo dos anos 1980 para o Verão de 2014, o primeiro risco é algum drone, algum míssil. Depois, cá em baixo, no último litoral da Europa, as multidões seguem a derrocada do banqueiro com negócios da China que, cumprindo a palavra da maga, foi forçado a uma caução milionária para evitar o desgaste compulsório de qualquer cadeia, sexo oral, anal, o diabo. Como só tinha dinheiro chinês em casa, o arguido despachou trezentos milhões de yuans num blindado para o Ministério Público. Entre uma mini e um pratinho de caracóis, os portugueses tentam conceber trezentos milhões de yuans. Alguns mudam de banco, outros compram um mealheiro. Numa aldeia do interior um marmanjo dá cabo de uma velhinha para lhe roubar o fio de ouro, como Raskolnikov, exactamente como Raskolnikov. É um Verão dostoiévskiano, continua o bombardeio a Gaza, encapuçados tomaram a Mesopotâmia. Mas resistiremos a Julho, e depois de Julho resistiremos. Estou decidida a isso, tenho de apagar um cabrão, manter-me em forma até lá. Costas, o meu estilo é costas.

Estacionei o Lada, desci ao balneário, ninguém. Era a primeira vez que vinha nadar tão cedo. Caminhei do balneário para a piscina ajustando a touca, ninguém, ninguém. Ok, não era só da hora, era de Julho, Lisboa devia estar engarrafada na Costa da Caparica. Mas mal empurrei a porta, e veio o bafo quente da água, avistei um estardalhaço de mariposa na pista do meio, a mais iluminada.

Portanto não estava sozinha e ele era um gajo.

Cá vamos nós, um para cima, outro para baixo, eu a deslizar, ele resfolegante. Mariposa é o mais belo nome que um estardalhaço já teve, alguém a dar com a cabeça na água durante, sei lá, meia hora. Imagino que seja invenção de um pecador arrependido, um expiador dostoiévskiano, daqueles que não interessam ao cabrão do caubói, porque ele é mais neuróticas tipo Sarah Kane. Do ponto de vista de um cabrão, a boa neurótica é a neurótica morta, mantém-se interessante e não lhe fode o juízo.

Nunca tinha pensado nisso, mas para aquecer eu podia fazê-lo praticar meia hora de mariposa numa superfície um pouco mais dura do que água. Ou numa água daquelas que de repente recuam até ao fundo do horizonte e voltam com meio quilómetro de altura, como a famosa onda que o japonês Hokusai retratou numa estampa do século XIX. Pois já mais de mil anos antes o chinês Lao Tsé dizia aquilo da água: *Nada mais macio e mais fraco, e ainda assim nada melhor para atacar coisas duras e fortes*, ou qualquer coisa parecida. Mas vou deixar Lao Tsé sossegado, porque ele tem mil trezentos e quarenta e um milhões de chineses com que se preocupar lá no além, e a China é como o Natal, sempre a China, que fazer à China.

Braço à esquerda, braço à direita. Ok, um elefante ainda se manda vir, uma onda não, então qual é mesmo o material mais duro na natureza? Sei que aprendi isso numa revisão, puta que pariu, uma revisão, uma revisão. Já sei. Era um livro sobre Angola. O material mais duro na natureza é o diamante.

A gente ganha a vida a rever o *Ulisses* e o mais perto que chega de um diamante será aquela passagem em que na mão do senhor Bloom cintila o Koh-i-Noor. Ora, quem me manda ser uma revisora estúpida-que-nem-uma-porta? Fosse eu agente do regime angolano e o caso mudava de figura. Não escreveria, claro, porque cada hora de trabalho minha valeria diamantes. No máximo, em caso de necessidade, contratava um *ghost writer* para retocar a biografia.

E estava eu nisto, a terminar uma pista, quando Apolo emergiu ao lado, tríceps de pedra. Fiquei a vê-lo afastar-se até à porta do balneário. Eu diria um metro e noventa e sete sem um pêlo, mas teremos sempre domingo que vem. Gastei as últimas braçadas a pensar no que a minha arqueóloga faria ao filho da puta, com ou sem diamantes.

Acho que ela vai ser de Matosinhos. Não quero uma narradora de gravata na língua.

capítulo XXIII

DIÁLOGO COM A CAVEIRA

Foda-se, nem nunca vi um diamante ao vivo. Que cada qual tenha o que pede, a mim carcaças de judeus do século VII, um crânio de gentio que seja. Cada vez preciso de menos para viver.

Estão a ver São Jerónimo? De manto carmim, tal como Caravaggio o pintou. Eu podia trabalhar assim, com o crânio do filho da puta em cima da mesa. Estudaria hastes de veado desenterradas junto a alguma intrigante lápide em hebraico, estabelecendo hipóteses a datar por radiocarbono. E no instante em que a datação comprovasse o achado estaria certa de que, sim, aquela lápide inaudita era tudo o que o filho da puta gostaria de publicar, coroando anos de pestanas queimadas, bazófia e bajulação.

Quando me cansasse de São Jerónimo, e do seu manto sempre a cair, podia mudar para Hamlet, o viking. Acho que tenho pinta de Hamlet, também sou loura, e também me quero vingar. Porém, ao contrário de Hamlet, a minha caveira seria o morto e não a morte. Uma caveira menos filosófica, só o resultado de uma rapariga com uma arma, como um filme na cabeça de Godard. Porque há muito mais coisas no meu coração fechado do que sonha a vã filosofia. Matar ou não matar nem é questão.

Agora, para isto não ficar tão pesado, prezados leitores, eis o comentário *online* de um cidadão brasileiro sobre o facto de o diamante ser o material mais duro: "Com essa cheguei à conclusão que meu maior sonho de consumo não é uma lancha ou um carro esporte e sim um implante no meu pênis de uma liga de diamante de modo a ele ficar ereto até o final de minha existência ou mesmo depois dela." Repito: *ou mesmo depois dela*. É que ainda não me ocorrera explorar a dimensão espírita do filho da puta. E isso, por sua vez, lembra-me o comentário de Nelson Rodrigues quando um crítico aventou que *Vestido de noiva* seria uma peça espírita. Disse Nelson: *Palpite não se discute*.

Palpite não é óptimo? Quase a palpitação de uma Bianca Castafiore. Guardai, aplicai, e mantende-los no lugar. Aos colhões, digo.

Claro que se isto fosse ficção eu não me perderia em delírios nem escreveria colhões. Mas caralhos me fodam se me apanham nessa, porque isto é a realidade até ao último fio louro do meu cabelo. Sou uma viking de Matosinhos, a gente rapa o pêlo na venta e deixa a pimenta na língua.

capítulo XXIV

POEMA SUMÉRIO

A arqueóloga não parava de praguejar, queria sair por todos os lados. Sabemos que um livro tem de ser escrito quando nos aparece um cânone na cabeça, frase sobreposta a frase. Mais uma braçada e eu seria o futuro Nobel, possuída pelo *duende*.

Saí da água. Quando cheguei ao balneário tinha uma mensagem do mecânico: *Está zangada comigo . . . ?* Aquelas reticências, oh. Eram afrodisíacas. Uma espécie de ostras da pontuação.

Devia ligar-lhe? O que é que eu queria?

Foi assim que no duche acabei a pensar nos preservativos, onde andariam eles. Comprar uma caixa de doze e duas semanas depois sobrarem dez não é propriamente o império dos sentidos, é que nem me lembrava de os ter visto depois do meu ardente mecânico. Quando fui a Nafarros não fazia tenções de conhecer biblicamente o futuro Nobel, e mesmo que fizesse sei que ele tem pânico de morrer, e portanto estoca preservativos até ao dia em que ganhar o Nobel ou falar sumério (não se sabe que dia chegará primeiro). E como o fluxo de consciência é mesmo assim, passei do sumério para um *remake* do *Império dos sentidos* em que o caubói ia lindamente no papel de castrado.

Mas quando saí, pisando flores de jacarandá, voltei ao sumério, porque as flores eram a cara de um poema que o futuro

Nobel traduzira. Ele até o copiara para mim. Abri a carteira, achei o papel, cabia na palma da mão:

Ergam a minha cama florida
Espalhem nela flores como lápis-lazúli
Tragam o homem do meu coração
Tragam o meu Ama-ucumgal-ana.
Ponham a mão dele na minha mão
Ponham o coração dele no meu coração
Quando a mão pousa na cabeça o sono é tão bom
Quando o coração se encosta ao coração o prazer é tão doce.

Na última linha, fechei a mão como um coração se fecha. Aquela dor súbita no lado esquerdo.

capítulo XXV

ASSASSINA EM SÉRIE

Eu quero trincar-lhe o coração cru, não menos do que um rei já fez, extrair o tubérculo peniano, triturá-lo picadinho. Quantos dias não me lembrei daquele cabrão? *Nenhum*, diria o corvo, em vez de dizer *Nunca mais*. O dispêndio de tempo com um cabrão é o que distingue uma pessoa no meu estado, embora eu não tenha nome para esse estado, além de assassina em série. Sou uma assassina em série porque quero matar o cabrão muitas vezes. Odeio-me pelo tempo que perdi a odiá-lo, e odeio-o pelo tempo que perdi a odiar-me. Uma pessoa no meu estado não fode um mecânico ou um futuro Nobel porque se esqueceu de um cabrão, ou para o esquecer. Uma pessoa no meu estado fode um mecânico ou um futuro Nobel por se lembrar de um cabrão, e lembrando-o. Um dia, um pouco antes do apocalipse, alguém há-de calcular o dispêndio de tempo com cabrões na cabeça de quem fode.

De fora, todavia, alguém diria que eu estava só pasmada a olhar flores de jacarandá. O poema era uma bolinha amassada.

capítulo XXVI

BALZAQUIANA

Querida, desculpa só responder agora. Sabes aquela cantiga do duende que possui os poetas? Olha, *que lo hay, hay*, tudo se transforma em livro, o que vejo, o que ouço, o que como, o que sonho, se é que não continuo acordada, por isso nem sei dizer-te se nunca estive tão bem ou tão mal, às vezes acho que basta um passo e já não volto, fico do outro lado. Descobri que escrever é uma espécie de último incesto, um caso bipolar comigo mesma, amar o que me destrói, destruir o que amo, e tudo isso ser eu. Qualquer coisa assim.

Depois de aquele cabrão estrear o monólogo, só pensar no Balzac me derrubava, mas agora reli finalmente *A mulher de trinta anos*. Já nem me lembrava de como aquilo é uma costura de várias noveletas, a mulher que aos vinte vive o casamento como fatalidade, aos trinta está na plenitude do mistério, aos quarenta vive para filhos e netos, e aos cinquenta espera a morte. Antes, ainda há uma grande cena de corsários que já mete a primogénita adulta, mas o melhor do livro é o que Balzac diz sobre as mulheres, com um alcance que em várias passagens se mantém perturbante 180 anos depois, apesar de todos os códigos que mudaram.

Pode parecer estranho como um homem que só casou aos cinquenta e morreu cinco meses depois sabia tanto sobre mulheres casadas, talvez isso comprove que o convívio conjugal não é indispensável, e pode mesmo ser adverso, ao mais fino entendimento. Espreitando um pouco a vida dele, porém, aparecem várias amantes casadas, desde mulheres vinte anos mais velhas à mulher com quem se correspondeu durante quase vinte anos até, enfim, ficarem juntos. Ou seja, a experiência que não teve como marido teve-a como amante e correspondente, com um vasto acesso aos precipícios além da conveniência. Mas não fui ler nenhuma biografia a sério, portanto isto vale o que vale, palpites, diria Nelson Rodrigues, apenas gerados pelo que me obstina, o cruzamento entre o meu caso e o que julgo ver do caso dele.

Tal como *A comédia humana* jamais ocorreria a alguém que não estivesse tão interessado em tudo o que é humano, creio que apenas um criador com invulgar interesse por mulheres teria um percurso amoroso tão acidentado quanto dedicado, o contrário do que seria de convir a um génio empenhado numa obra. Balzac parece ter sido, assim, um anti-Machado de Assis, ou, corrigindo a cronologia, Machado de Assis terá sido um anti-Balzac. Pois enquanto Machado é o criador que concentra o tempo e o espaço, o prudente homem de uma só mulher, aquela que de tudo cuida e a seu lado morre sem que ele mal tenha pisado fora do Rio de Janeiro, Balzac já se dispersara em mil peripécias quando atravessa a Europa até São Petersburgo para conquistar a sua correspondente de há muito, depois de o marido dela morrer. Em suma, um homem que tendo ambicionado tudo para a sua obra, e cometido a ambição numa escala inédita, soube ver dentro das mulheres como poucos.

Só quem se interessa realmente vê, e, em geral, o interesse dos homens, mesmo apaixonados, é mais limitado em extensão e profundidade do que o das mulheres. Interesse e paixão são energias autónomas, uma livre, a outra refém, uma generosa, a outra egoísta, mas confluem nas mulheres com maior frequência do que nos homens. As mulheres interessam-se mais por quem estão apaixonadas, e apaixonam-se mais por quem se interessam, acho que é mesmo assim. Já te imagino a dizer, olha que novidade, porque é que achas que gosto de mulheres.

Isto tudo para chegar a duas frases d'*A mulher de trinta Anos* que foram uma revelação, quando as li ontem à noite. A primeira diz: "A paixão faz um progresso enorme numa mulher no momento em que ela crê ter agido pouco generosamente, ou ter ferido uma alma nobre." E a segunda conclui: "Nunca se deve desconfiar dos maus sentimentos no amor, eles são muito salutares; as mulheres não sucumbem senão ao golpe de uma virtude."

Gelei. Porque algures em 1830, entre duas taças de café negro, um parisiense-tão-parisiense escrevera o que aconteceu comigo em Maio de 2014 no Alentejo. E só ao lê-lo, com o espanto de achar um confidente que já adivinhou tudo, entendi, de facto, o momento em que tomei a decisão errada. Lembras-te da história das fotografias, quando me sentei na mesa do caubói, logo na primeira semana em que ficámos juntos? Então, na primeira semana já estava lá tudo, e eu vi, e reagi, e depois desconfiei dos meus maus sentimentos, e a paixão progrediu.

Não sei o que Nelson Rodrigues faria comigo. Conta-me coisas do Rio, querida. O Karim já chegou da Síria? Beijo, saudades.

capítulo XXVII

NADA NOS APROXIMA TANTO

Toda a paixão é um ataque ao sistema imunitário. Se precisamos dela para viver, mais precisamos que ela acalme, ou seja, acabe, para continuarmos vivos. A amizade é o contrário, um estoque ilimitado de gengibre.

A minha melhor amiga, aquela que já era a mais gira aos vinte e continua a ser a mais gira aos cinquenta, tende a ter a euforia das bem-amadas que foram passando de homem em homem quase sem tocarem no chão. Isso faz com que seja mais fácil falar com ela sobre qualquer amante de domingo, e com a filha que está no Rio sobre qualquer devastação, porque foi isso que nos fez cúmplices há uns dez anos, quando ela era uma adolescente que se queria matar por causa de uma colega, mas morreria antes que a mãe soubesse: não que gostava de mulheres, mas que era tão fraca de querer morrer assim. Eu não sou mãe dela, não temos a bagagem da separação, dos candidatos a padrasto, então uma tarde ela desabou comigo. Nada nos aproxima tanto de alguém como o prisma mudar, e ficarmos mais fortes. As amizades que assim nascem são pactos.

capítulo XXVIII

ALÉM-TÚMULO

Aquelas duas frases d'*A mulher de trinta anos* mudaram o meu prisma. Aos vinte, eu atravessara sem as olhar; aos cinquenta, elas fortaleciam-me. Os pactos que assim nascem são além-túmulo.

Estimado Balzac, como gostava de tomar algo consigo, talvez uma dessas taças de café que o mantinham acordado para a *Comédia humana*. Quase me apetece voltar a Paris por causa de si, visitar a casa da rue Raynouard, ir ao Père Lachaise deixar uma flor-de-lis. Queria tomar as suas mãos nas minhas, insistir que tem em mim uma amiga. Já viu como tudo podia ser diferente se naquele dia de Maio tivesse vindo comigo desde Lisboa, com as suas mangas brancas de balão? No momento do meu mau passo, teria certamente saltado em guarda, arregaçando as mangas, e o caubói seria agora o malogrado dramaturgo, aquele que preparava um monólogo e se finou na preparação. Mas visto que não vínhamos juntos, falta de que só eu me penitencio, quero que fique a par do que aconteceu nessa tarde, e que tão brutalmente lhe dá razão. Com a amplitude de alma que o caracteriza, caro amigo, estou certa de que o intervalo de séculos entre as nossas linguagens não o impedirá de tomar a minha pelo que ela é, tal como a sua sempre foi: a própria mensagem.

capítulo XXIX

OS MAUS SENTIMENTOS

Ora, o 1º de Maio em que aconteceu o primeiro beijo no Paço calhara numa quinta-feira, e no domingo seguinte fui a Lisboa mais depressa do que o costume, mal nadei. Ao voltar ao Alentejo, o caubói pediu que o apanhasse na casa que o amigo lhe emprestara, ao cimo da antiga rua principal, mas quando parei à porta apareceu a dizer que estava no skype, que eu fosse entrando, portanto estacionei. Era uma casa senhorial do século XVIII, preservada de salão em salão até ao jardim nas traseiras, onde havia uma mesa com livros e uma cadeira. Ele fez sinal para que eu me sentasse e desapareceu com o portátil, fechando a porta. Eu ouvia um rumor, nada mais.

A mesa estava debaixo de um toldo improvisado, com as pontas atadas a dois diospireiros. Sentei-me feliz por ser capaz de os reconhecer, o tronco tão esguio, a explosão da copa. Antes de vir morar no Alentejo não reconheceria um diospireiro, a não ser que estivesse carregado de dióspiros maduros. Mas outra coisa que aprendi foi que os dióspiros só ficam maduros no Outono.

O primeiro livro em cima da mesa era *A voz humana*, na tradução de Carlos de Oliveira. Há muitos anos, acho que pouco depois do amante vietnamita, eu vira Isabel de Castro fazer este monólogo, dirigida por Rogério de Carvalho: uma mulher a falar ao telefone com o homem que acaba de a abandonar.

Pousei o livro para o folhear melhor. E então, nos papéis que estavam por baixo, reconheci um pé. Porque era o meu pé.

Afastei a pilha de livros. Os papéis eram impressões de fotografias minhas a dormir: pés, mãos, braços, ombros, mamilos, barriga, púbis, coxas, nádegas.

Quando o caubói saiu do quarto eu estava no meu melhor humor assassino:
— O que é isto?
Ergui as folhas e o sorriso dele desapareceu.
— Caralho, não me lembrava que tinha ficado aí.
— Caralho digo eu. O que é esta merda?
— Ehhhh, que tom é esse, minha?
De repente ele ficara furioso. Já estávamos os dois de pé, frente-a-frente.
— Que tom é este? Que merda de fotos são estas sem eu saber? E o que é que fazem aqui? Estás a pensar projectá-las no teu monólogo?
— Minha, tu passas-te, foda-se!
Ele chutou a própria mochila, depois ficou a olhar para o chão, abanando a cabeça, de mãos na cintura. Eu também estava de mãos na cintura:
— Estou à espera.
Foi o que eu disse. Mas a expressão dele parecia tão indignada que a minha cólera descera um tom. Até que ele levantou a cabeça e deu um passo na minha direcção.
— Queres saber que merda de fotos são estas? Era uma cena que eu ia fazer para te dar. Um filme com estas fotos, outras fotos e um texto que eu ia escrever pra ti, foda-se.

Um, dois, três, quatro, cinco.

Eu disse foda-se e atirei com as folhas, ele disse foda-se, não confias em mim?, eu disse foda-se, desculpa, ele disse, foda-se, achas que sou o quê?, eu disse foda-se, desculpa, desculpa.

Um, dois, três, quatro, cinco.

Aproximei-me, meti as mãos no cabelo dele, ele disse, minha, voltou a abanar a cabeça, depois agarrou-me o pescoço como no primeiro beijo, mas agora com força, porque já estava certo do que então adivinhara.

Foi-me empurrando até à parede. Era uma parede de pedra calcária, senti as arestas quando ele me esmagou contra elas, mantendo a mão direita no meu pescoço, enquanto com a esquerda desapertava o cinto. O pau cresceu na minha barriga, ligeiramente oblíquo, cada vez mais duro. Fitávamo-nos de bocas coladas, respiração na respiração, um, dois, três, quatro, cinco. Seis seria o beijo, eu ia fechar os olhos, mas de repente ele forçou-me a rodar, retirando a mão do pescoço até poder apertar a nuca, e me esmagar de novo contra a parede. Senti as arestas nos mamilos, a areia na cara. Agora o pau dele estava nas minhas vértebras, e as mãos dele nas minhas nádegas, depois o pau desceu entre as nádegas, forçando o tecido das cuecas a baixar, e ele passou a mão esquerda entre as minhas pernas, enfiou um, dois, três dedos, porque não havia atrito, tudo era líquido, quente, cheio, irrigado. Então, mantendo os dedos enfiados até à palma da mão, ele agarrou no pau com a mão direita e introduziu-o entre as nádegas. Eu sussurrei, devagar, ele repetiu, devagar na minha orelha, mordeu a orelha, enfiou a língua nela, tirou e voltou a enfiar os dedos, tirou, enfiou, rodou, eu voltei a cara para o outro lado, tentando achar um pouso sem arestas, sem areia, ele mordeu essa orelha, enfiou a língua nela, tirou e voltou a enfiar os dedos, tirou, enfiou, rodou, senti a ponta do pau abrir o esfíncter, a propagação nervosa através do períneo (raízes, ramos, canais, terminais), eu repeti, devagar, ele desceu a língua, cravou os dentes na nuca, e o pau entrou de um golpe.

capítulo XXX

TUDO O QUE HAVIA A VER

Enquanto a nossa história durou, aquele foi o único momento em que eu disse palavras de fúria, o único de que me arrependi, e o único em que estava certa.

O que eu antevira nas fotos era tudo o que havia a ver.

Nem chegou a haver filme. O cabrão não se deu ao trabalho. Já não era preciso, ele avançara muito, tudo o que precisava. Persuadi-me de que fora injusta, baixei a guarda, e nisto progrediu a paixão. A invenção do filme foi a virtude que me fez sucumbir.

capítulo XXXI

APOLO NA PISCINA

Segundo domingo de Julho, uma semana depois de avistar Apolo, lá estava eu dentro de água, um pouco mais cedo ainda. Deu certo: ninguém a não ser nós dois, Apolo activo na mariposa, eu já na fase *chill out* ao cabo de mil metros costas, contraindo e expandindo os músculos mais próximos do sudeste asiático, essa região onde delicadas fêmeas expelem bolas de pingue-pongue da sua buceta de Pandora.

Buceta é um óptimo nome para cona. Aliás, portugueses e brasileiros podiam resolver assim as suas diferenças, caso a literatura não funcione. Português, conheça a buceta. Brasileiro, conheça a cona. Pronto, ide como irmãos, e que a paz vos acompanhe.

Foi este pensamento fraterno que Apolo interrompeu, detendo-se a meu lado num *splash* abrupto. Olá, sou fulano, prazer, sou fulana, esta água está uma delícia, fulana, que bom o Verão sem ninguém, fulano, bla-bla-bla. Não há dúvida, nadar é o nosso voo, flutuamos nas alturas, como se a água fosse o céu. Sobretudo se depois chega Apolo.

Incrível, Apolo tinha um monte no Alvito. Então falou do Alentejo: a Primavera no Alentejo, o Verão no Alentejo, as papoilas no Verão do Alentejo. Mulher, ex-mulher, namorada? Nada. E eu idem: a Primavera no Alentejo, o Verão no Alentejo, as papoilas no Verão do Alentejo. Nenhuma região em Portugal tem tanto espaço de manobra. Dá para falar do Alentejo em qualquer engate. Sempre tão calado, o Alentejo. O contrário da China e do Natal.

Talvez por pensar na China, e o Japão ali tão perto, achei que Apolo tinha olhos de desenho animado japonês, grandes olhos negros com reflexos brancos e azuis, sob o tecto aberto da piscina. Quando ele puxou os óculos para a touca, olhando-me a dois palmos, esses eram os olhos dele. Não apareceu vivalma enquanto nos sustínhamos na água, eu estilo Esther Williams, num balé de *coupés*, ele estilo de bruços no flutuador. E sobre nós lances de luz e sombra, porque estava um daqueles céus rápidos, nuvens a caminho de não sei onde, provavelmente da Costa da Caparica.

Quando olhei o relógio ao fundo era meio-dia. Foi então que ele tirou a touca de silicone e pela primeira vez lhe vi o crânio: sem sombra de cabelo. Nem dava para ver se o rapava ou não o tinha. Mas, na mancha agora clara da cabeça, os olhos ainda pareciam mais negros e brilhantes. Era uma cabeça que qualquer pessoa olharia, sendo que qualquer pessoa já olha um homem de um metro e noventa e sete. Ele seguiu o meu olhar. Meio-dia, sorriu, e se tomássemos algo?

capítulo XXXII

HAMMAM

Deitei-me no vapor. Dissera a Apolo que precisaria de uma meia hora, porque há semanas que não fazia isto, relaxar a cervical num banho turco, e ele disse que faria o mesmo. Éramos dois orientais antes dos prazeres, cada um no seu *hammam*.

Mas mal me deitei a arqueóloga apareceu no meu lobo occipital, querendo mais detalhes físicos. Tudo bem, se este Apolo inspirasse um Apolo no livro, seria justo. Sempre gostei que nos romances me contassem como eram os gajos, o Michel Strogoff, que era Miguel, o Julien Sorrel, que era Julião, o Heathcliff, ah, o Heathcliff... Só ele para me fazer usar reticências. Na minha memória é o contrário deste Apolo, um anti-herói hirsuto. Mas é possível que isto não bata certo com a descrição da Brontë. A minha memória é oficialmente adúltera, ao nível do clube de *swing*.

Ok. Detalhes, detalhes. Caralho, este Apolo não tem, mas no livro poderia ter, um sorriso de esguelha como o do meu caubói, que era a inspiração para o impostor dela, e como o do mecânico, que seria a inspiração para o Sancho Pança dela. É uma preferência sexual minha, a inverosimilhança.

Até já ouço a arqueóloga.

capítulo XXXIII
A VUVUZELA DA VEROSIMILHANÇA

Um pouco demais, não, três sorrisos de esguelha num Verão de três-
-homens-e-meio?, palpitaria algum guarda-fiscal. Eis a vantagem
da realidade sobre a ficção, prezados leitores. Não imaginais o alívio que é não ter de inventar nada verosímil neste livro, pela alminha da minha avó viking. E, para atalhar, sai uma vuvuzela para a mesa dos palpites. Estais lembrados da vuvuzela, aquela corneta do inferno? Então, uma vuvuzela que sopre para o quinto dos infernos a verosimilhança, homenageando de caminho, e mais uma vez, Nelson Rodrigues, que mesmo sendo tarado nunca chegou ao ponto de inventar uma vuvuzela, e na prática é o quinto homem deste Verão. Porque o primeiro, que vale pelo ano inteiro, que digo eu, por cinco mil anos, é, claro, o filho da puta.

Cinco mil anos não é nada, ponde os olhos no Velho Testamento. Matusalém viveu novecentos e sessenta e nove e nem havia penicilina.

Padrões Cósmicos se repetem em nossas vidas, diria uma maga que conheci, onde andará ela. Tipo, tamanho, temperamento, tudo confirma ou desmente: é o meu género, não é o meu género. Mas se os padrões se repetem, e já que a maga não me ouve, eu diria que isso não se deve à agenda do Cosmos, coitado, sempre tão assoberbado. Simplesmente, perante o impacto novo de um corpo, difícil seria não nos fixarmos na presença ou ausência daquilo em que já nos fixámos. Um terapeuta palpitaria que queremos voltar a um novelo uterino, algum começo onde achámos que íamos ser felizes, até a bolha fazer plaf de tão fina que era, embora na nossa cabeça tenha feito booom.

Então, factos são factos: Apolo tinha não só um sorriso de esguelha, como dentes perfeitos, de anúncio. Gosto de dentes, de ter a língua nos dentes e que me mordam por toda a parte, aquilo a que cientificamente se chama odaxelagnia, a filia das dentadas. E do pescoço para baixo eu já vira Apolo de diversos ângulos: um monumento sem um senão, a não ser que os deuses tenham sido uns sátiros quanto ao amigo oculto, aquilo a que um Sancho Pança pode chamar o seu *menino*, e um funkeiro do Rio de Janeiro chama, por exemplo, *palhaço*, ou mesmo *palhação*. *Senta, senta, senta no palhação*, reza um *funk* carioca. Mas pronto, às vezes não há mesmo muito onde sentar, é daquelas coisas para as quais temos de estar precavidas, como para a doença, o advento da fé ou, no meu caso, do homicídio. Acontece, como todos sabeis: aos altos como aos baixos, aos fortes como aos fracos, e aí não vale rir.

Um minuto de compaixão, irmãs. Pensai na angústia do guarda--redes antes do penálti. Pensai agora no pau antes do seu *coming out*. Toda a cobrança desde a tragédia grega, aqueles foguetões de meio metro dos filmes porno: venham a nós os penáltis, até os comemos. A angústia de um pau na cueca não se compara, pelo menos para quem não nasce com um foguetão. Claro que na realidade ninguém nasce com um foguetão. Só falta explicar isso aos gajos que acreditam na ficção do foguetão mesmo na reencarnação. Uma coisa assim independente de qualquer esforço, género, aqui está o meu bólide, e ele vai resolver até o conflito israelo-palestiniano sem que eu me mexa. *Senta, senta, senta no palhação*: é a ficção dos gajos. Mas, oh, como há vida além da ficção. Entre inspiração e transpiração, até vida extraterrestre.

capítulo XXXIV

DIA PERFEITO PARA UM MOTEL

Duche depois do banho turco e eu era uma assassina nova.

Cá fora, Apolo tinha um par de pernas que não acabavam, dentro de um par de *jeans* daqueles curtos, com uma camisa daquelas 1960, como se estivéssemos num daqueles filmes do Godard, mas eu ainda não tinha visto nada. Porque ele sugeriu irmos no carro dele, então atravessámos o parque e quando chegámos o carro era um Karmann Ghia cabriolé amarelo-bebé.

Para entender a diferença entre um Karmann Ghia e um guia do Tibete, o melhor é pensar em Brigitte Bardot aí em 1960, no tipo de carro em que ela andaria de cabelo ao vento. Mas a questão é que não estávamos em 1960 e ele não era a Brigitte Bardot. E se aquele era o tipo de carro em que a Bardot andaria em 1960, isso queria dizer que ele era que tipo de gajo em 2014? Caralho, a gente não tinha falado de trabalho. Aliás, eu falara de trabalho, por causa do Alentejo, mas ele só falara da horta do monte dele. Ora, com aquele carro, de certeza que não vivia da horta. Tentei pensar rapidamente, já sentada no banco de couro marfim, enquanto ele fazia marcha atrás. Ter um monte no Alentejo tanto fazia dele um ex-guerrilheiro como um CEO. Só que aquele gajo não era um ex-guerrilheiro. Sete caralhos me fodessem, aquele gajo era um CEO?

Porra, um CEO, não. Um CEO, mesmo com pinta retro, ia atar-me à cama e falar de *holdings*. Dos sinais emitidos pelo PIB chinês. Talvez mesmo da doutora Isabel dos Santos. A doutora Isabel dos Santos? Sete caralhos o fodessem. É que nem pensar.

Tinha de tirar aquela merda a limpo, e era já. Que carro catita, não me digas que trabalhas para o regime angolano. Hahaha, por que havia de trabalhar para o regime angolano? Sei lá, porque agora quem ganha dinheiro trabalha para o regime angolano. Acho que nem conheço nenhum angolano. Então trabalhas para os chineses? Hahaha, o único chinês que conheço é um clandestino no Intendente. Pergunto por causa do carro. Mas quanto é que achas que este carro custa? Sei lá, não é de colecção? Custa menos do que o carro novo mais barato. Estás a gozar. Juro, nove mil euros. Ok, não trabalhas para o regime angolano, não trabalhas para os chineses, trabalhas para quem? Para um gajo muito mais rico do que eles. Ficou rico com quê, casinos, petróleo? Nada disso, o petróleo acaba. Armas, droga, escravos sexuais? Hahaha, podes mandar-lhe uma mensagem no Facebook a perguntar isso. Hahaha, imagino que gajos desses não vão muito ao Facebook. É verdade, a não ser que se chamem Mark Zuckerberg.

Puta que o pariu.

Apolo fazia o Facebook. Estava na folha salarial de Palo Alto, a esta porrada de quilómetros. Um cérebro por controle remoto.

Tentei analisar as vantagens de ele não ser um CEO enquanto descíamos a Avenida da Liberdade no cabriolé, eu de lenço a esvoaçar como Isadora Duncan, mas sem morrer asfixiada.

Tinha de manter-me viva para matar um caubói, não podia morrer antes disso, ainda por cima ao lado de um gajo que fazia o Facebook, toda a gente ia saber e era uma merda. A grande vantagem, claro, era não haver o risco de uma fantasia com a doutora Isabel dos Santos. Mas a verdade é que não sabemos nada sobre as taras de quem faz o Facebook. Pudicos como americanos que são, portam-se como se toda a nudez devesse ser castigada, mesmo sem terem lido Nelson Rodrigues. E, assim à partida, eu também não anteciparia com clareza as taras de um Apolo português que faz o Facebook. Orquifílico, tricofílico, coleccionador de pentelhos, aquele crânio podia ser tudo. Até entusiasta da dentada.

A partir de que horas mesmo é decente beber álcool?

À terceira *marguerita* já estávamos aos beijos em frente ao Tejo. À quarta ele propôs um motel.

Tenho uma teoria sobre a nova geração de motéis que tomou Portugal, liderada pelo Norte, quem mais. Esses motéis contribuem até para o aumento da esperança de vida, ao evitarem os AVCs das velhinhas do rés-do-chão. Porque os construtores da nova geração dão como adquirido que na nossa garganta teremos sempre um Tarzan, como há quem tenha Paris, e tratam de o aconchegar. Nem *jacuzzi*, nem *pole dance*, nem sofá erótico, nem cama redonda, nem cromoterapia, nem menu de vibradores, nem elevador no quarto, nem espelhos no tecto, nem vinte e sete canais com anões montados em zebras transgéneros, nem mesa posta para dois com aqueles guardanapos que fazem um folho tipo saia de sevilhana: nada, mas nada ultrapassa a barreira do som. A insonorização é não apenas o *hit* como o próprio *id* de um motel, sempre cavalgando o prazer seguinte, livre da mordaça do superego. Não que alguma vez eu me tenha deitado num divã de psicanalista. Sou *mignone* mas tenho-me aguentado à bronca sozinha, como prova o pensamento assassino sem recalque. E se não forem totalmente insonorizados, os quartos, digo, pelo menos sabemos que estamos ali todos para isso, e que os guinchos do lado não são obra do estripador de Loures.

Justamente, outra vantagem dos motéis é ficarem em lugares como Loures. As dobras, as pregas, as passagens, os corredores, os vãos, o buraco por onde desaparecemos do mundo que todo o sexo busca. Nada mais parecido com o sexo do que uma toupeira em busca do buraco que leva ao túnel, que leva ao buraco, que leva ao túnel, que um dia levará à luz, sendo que a toupeira é cega. Cada foda uma aposta, a ver se é desta que passamos para o outro lado.

Sexo, ou uma história espírita de buracos. É só um palpite.

Das nossas duas horas no motel eu diria que: 1) Ele não tinha um pêlo e o sexo sem pêlos é o *close up* de um porno. 2) O pau era claro, limpo, liso, de suavidade extrema. 3) Ainda assim não o chupei.

Talvez seja impossível chupar um pau quando queremos matar um filho da puta. Pelo menos eu não consigo fazer as duas coisas ao mesmo tempo.

capítulo XXXV
REVISTA DO CORAÇÃO DO MEIO LITERÁRIO

Libertinos mortos? Venham eles. Anónimos, pseudónimos? Não chateiam. Gaiatas picantes? Desde que não amigas, parentes. Malditos contumazes, e que se fiquem nisso, porque o sistema não tem como lidar com malditos num dia, magnânimos no outro? São purgantes, avante. Mas uma mulher, doutorada na FCSH/UNL, e com o seu próprio nome? Dirão que enlouqueci. E ainda não terão visto nada.

Balzac diria que uma mulher com uma dor tem, enfim, fisionomia.

Executada a matança, pode ser até que eu delete esta tropa de amantes num clique estalinista, ou lhes troque tíbias e perfis, visto que nomes já não havia. Mas será uma pena, tão carnais, tão reais, um Apolo, um Sancho Pança, um Nosferatu. De repente, numa versão mais verosímil, Nosferatu ainda se transforma numa estrela contemporânea, sei lá, uma estrela Michelin.

E se eu mantiver tudo, e os *paparazzi* do meio literário revelarem que escrevi este livro na horizontal? Não seria divertido imaginar revistas do coração do meio literário? Claro, não haveria mercado, mas imaginai as capas. Imaginai as perguntas. Ajeitando a minha estola cem por cento falsa, porque nenhum animal foi molestado na feitura deste livro, eu anunciaria, estou pronta para o meu *close up*. É verdade que largou o mecânico para ganhar prémios lá fora?, disparava o *paparazzo*, transpirando sob o holofote. De forma alguma, sorriria eu, tratou--se de incompatibilidade de génios. E irrompia a cantar, como num musical:

Se eu dou
um pulo, um pulinho
um instantinho no bar
bastou
durante dez noites me
faz jejuar

Desafortunadamente, porém, não há revistas do coração nem musicais no meio literário, portanto, eu teria de confirmar tudo à partida aos meus leitores: é verdade, só escrevi este livro porque fodi com três amantes de domingo, está bom assim? Não apenas na horizontal, como na vertical, na diagonal e na curva, já que é disso que se trata no sofá erótico. Mais, alcei o quadril para Sancho Pança, permiti que Nosferatu se encabritasse, e que Apolo me chupasse apesar de eu não o ter chupado, de lhe ter dito mesmo, não me apetece. Eis como sobe na vida uma quase assassina. Assim se faz uma escritora, ainda por cima loura. É isto Portugal.

E se alguém topa quem eles são?, objectaríeis vós. Era então que eu afivelava o meu melhor trombil de Brás Cubas: já nem ouço, estou no além.

capítulo XXXVI

O DEDO NA FERIDA

Hum, cantas bem mas não me enganas, pequena arqueóloga. Mesmo não sabendo onde vais, sei que não é por aí. Aliás, se é para falarmos a sério, sei muito bem por onde hás-de ir, ou seja, por onde tenho de ir. Não posso andar a foder o juízo do futuro Nobel por ele não meter o dedo na ferida e depois entreter-me com uma narradora de revistas do coração & musicais. Julgo que engano quem?

Temos de voltar ao fim de Maio. Ao que me faz estar aqui hoje, como assassina.

capítulo XXXVII

E ESSA FOI A ÚLTIMA CONVERSA QUE TIVEMOS

Um dia, ainda a meio de Maio, lembro-me de contar uma viagem que fiz aos confins da Amazónia e perceber que o caubói não ouvia patavina. Mas ele fazia muitas perguntas sobre mim, os homens, isso de eu saber tão cedo que não teria filhos, a menina sem estrela que me convertera ao Nelson Rodrigues. Passámos um mês a foder e a falar, e nos intervalos eu trabalhava, e nos intervalos ele ia a casa. E porque fazia perguntas, e realmente ouvia as respostas, relativizei a falta de atenção nos momentos em que eu falava de coisas remotas como índios. Claro, só a intimidade lhe interessava, mas não tive consciência disso então, e se tivesse tido funcionaria a favor dele, como garantia de interesse em mim. Ele fez-me falar tanto que, na verdade, relativizei tudo o que podia ser acessório, circunstancial ou idiossincrático, atribuível ao prazo do monólogo ou à imaturidade de um gajo giro e ganzado de trinta e quatro anos. Uma gaja de cinquenta é perita na prática da relatividade porque já não quer mudar um gajo. Primeiro porque não tem tempo, depois porque não vale a pena.

Nas últimas noites, ele começou a sair da cama para o quintal e ficava a escrever na rede, debaixo das nêsperas, à luz da lanterna de papel. Eu adormecia com o lamento dos morcegos cortado pelo riscar do fósforo que reacendia a ganza. Mas quando acordava ele estava ao meu lado.

Até que na última manhã fui dar com ele a dormir lá fora, portátil pousado no chão, junto a uma flor de abóbora. Fiz o pequeno-almoço, tomei um duche e fiquei a trabalhar na mesa da cozinha, de porta aberta para o quintal. Quando o ouvi falar, vi-o sentado na rede, de telefone na mão, a dizer, estremunhado, não, estou em casa de uma amiga, sim, às nove no teatro, ok, até logo.

Éramos uma ilha alentejana. Eu não conhecera nenhum amigo dele, como ele não conhecera nenhum amigo meu. Nem tínhamos combinado quando iríamos para Lisboa. Nada de como tudo se passaria nessa noite ou nas próximas, sendo que aquele era o nosso último dia juntos no Alentejo.

Ele espreguiçou-se à porta da cozinha. Eu disse, bom dia, ele disse, foda-se, estou todo partido, eu disse, acabaste, ele disse, sim, mas está uma merda, eu disse, mas não é uma leitura pequena, ele disse, sim, no máximo, cinquenta pessoas, eu disse, então, as reacções podem ajudar, ele disse, sim, mas não queria que tu visses isto ainda, eu disse, mas cinquenta pessoas vão ver, ele disse, mas não sabem da génese, eu disse, mas eu também não, ele disse, mas tem a ver com o nosso mês, eu disse, com o nosso mês como, ele disse, tem muito a ver contigo, eu disse, por causa do Nelson Rodrigues, ele disse, não é só isso, mas é teatro, percebes, eu disse, isso quer dizer o quê, ele disse, quer dizer que não te podes esquecer que é teatro, eu disse, queres dizer que não é a vida como ela é, e ele disse, foda-se, preciso mesmo de tomar um duche.

Na volta do duche, agarrou numa maçã, apanhou o portátil, deitou-se na rede. Meia hora depois estava outra vez na porta da cozinha, enrolando um cigarro. O que foi, disse eu, acho que preferia que não viesses, disse ele, estás a gozar, disse eu, eh pá, vou ficar à rasca, disse ele, e se eu ler já, disse eu, nem pensar, não é para ler, é para ouvir, disse ele, mas qual é o teu problema, disse eu, é tudo, não sei, muita pressão, estou à rasca, disse ele.

Resolvi que estava à rasca por mim, então enganchei-me nele com a minha túnica sem nada por baixo, até cairmos na rede. Bom para a pressão.

Às oito metemo-nos no Lada para Lisboa, ele com a mochila aos pés, o portátil aberto. Quando chegámos ao teatro, guardou o portátil na mochila. Queres deixá-la atrás, disse eu, obrigado, não está pesada, disse ele, Ok, vou estacionar, disse eu, Ok, disse ele. E sorriu, e saiu, sem um beijo e de mochila.

Quando voltei já havia uma multidão à porta. Ele falava com uma rapariga voluptuosa de franja muito curta. Lembrava a minha amiga no Rio, talvez um pouco mais velha, pensei, porque a minha amiga ainda não fez trinta. E então pensei que *A mulher de trinta Anos* hoje teria de se chamar *A rapariga de trinta anos*. Ouvi-a perguntar ao caubói, queres que fique com a mochila enquanto lês? Nisto alguém a cumprimentou, o que o fez mudar de posição e ver-me. Ouvi quando ele disse, está ali uma amiga. Caminhou na minha direcção, meio sorriso de esguelha, eu sorri de volta, devem estar umas cem pessoas, disse eu, olha, que se foda, disse ele, vai correr tudo bem, disse eu. Aí, um tipo interrompeu porque a leitura ia começar, e essa foi a última conversa que tivemos.

capítulo XXXVIII

A RAPARIGA DE TRINTA ANOS

Nem à porta do teatro, nem depois de tudo o que aconteceu e não aconteceu, pensei naquela rapariga com hostilidade, ao contrário.

A minha decisão de ficar com o caubói estava tomada desde a cena das fotografias, e manteve-se até começar a leitura do monólogo, apesar da esquivança dele nas horas anteriores, ou da clara proximidade da rapariga. Se me fixei nela à porta do teatro foi por ser bonita de uma forma familiar, quase íntima. Nenhum lampejo de ciúme então, nenhum ressentimento agora. Vejo-a como minha próxima, não como próxima dele.

Não faço ideia se foi com ela que ele passou essa noite e as próximas, onde está ela agora, onde está ele agora, mas aquela rapariga é o único ponto em que a fúria vacila, e eu penso que talvez por ela eu não devesse matar o cabrão.

Os cabrões mais magnéticos, o que será quase uma redundância, costumam ter ao lado raparigas assim. É o que lhes permite acreditar que não são realmente cabrões. Elas reflectem o melhor e eles acreditam que esse é o centro do retrato, e que o resto são efeitos colaterais de estar vivo, baixas inevitáveis, despojos de guerra. Ou seja, elas salvam-nos de serem piores.

Acabo por ter de agradecer ao caubói o incentivo para reler Balzac, e, acabando de o reler, ficar a pensar nisto. Não em quem é hoje a mulher de trinta anos de que ele fala, mas na rapariga que de facto hoje tem trinta anos, e que tendo idade para ser minha filha hoje é minha irmã.

Na verdade, é irrelevante se ela tem vinte e muitos ou trinta e poucos, porque está a anos-luz dos homens da idade dela, anos antes de ter filhos ou tendo filhos já. E fica com os filhos quando os homens somem, e não tem emprego fixo, e não tem ama, e trabalha a tempo inteiro, e acha sempre que tudo é pouco. E quer não saia do lugar, ou dê a volta ao mundo, sabe como lhe são próximas as que não têm a palavra, e ainda assim têm culpa. Portanto, se a espécie melhorar é mesmo por causa desta rapariga a quem já chamaram tudo, de cabra a engraçadinha, e tomara hoje um homem acompanhar-lhe o passo, quanto mais o pensamento, ela que é a única solução dos cabrões, mas não terá medo de os pôr na rua.

capítulo XXXIX

INSÓNIA

eu era uma pesquisa, desde a cena das fotografias que isso era tudo o que havia a ver, eu era a merda de uma pesquisa, e só ali sentada na plateia é que eu via, estupidamente sentada numa plateia por causa de um cabrão que passara um mês na minha cama, um mês a foder e a falar, oh, claro, agora eu entendia todas as perguntas, desde quando a menstruação não veio, e o médico disse aquilo, e aquilo queria dizer que eu não podia engravidar, e eu tinha quinze anos, caralho, e o que é que isso quer dizer aos quinze anos, e quando pela primeira vez fui para a cama com um gajo e aquilo não me podia acontecer, e todas as raparigas só queriam que aquilo não acontecesse, e eu só queria ser como todas as raparigas, porque era a diferença entre não querer uma coisa então e não poder querê-la nunca, e tão poucos anos depois casei, porque era nova e era parva e ele dizia, um dia adoptamos, mas nem chegámos ao dia, separámo-nos antes, e depois bom, menos bom, mau, óptimo, amigos para a vida ou nem por isso, sim, o cabrão do caubói teve direito a um folhetim de alcova, um mês dá para muito quando nos dispomos a tanto, até eu contar da noite em que li as crónicas da menina sem estrela, aquele pai pelo rio de janeiro como um leão com a cria, que ninguém chegue perto de dizer que ela é cega, e não é que o cabrão pôs tudo na porra do monólogo, os meus quinze anos, o meu folhetim de alcova, o que chorei com a filha do nelson rodrigues, como o abracei por causa disso, o cabrão gravou as minhas palavras, escreveu como se as gravasse, as minhas palavras a dizer eu, um monólogo inteiro a dizer eu, o cabrão do filho da puta não achou melhor para um monólogo sobre o tempo do que passar um mês no gamanço, melhor do que poder dizer, a mulher de cinquenta anos sou eu, *voilà*, e o próprio do flaubert seria ele, imagino a plateia com os seus botões, foda-se, como este gajo se meteu na cabeça de uma gaja de cinquenta anos, tanto trabalhinho, sim, confirmo, um mês de trabalhinho ali a foder, e na fase da conversa com a plateia ainda teve a lata de dizer que tudo começara no balzac, quando nunca lera balzac na puta da vida dele até me conhecer, eu é que lhe falei da cena das balzaquianas vir da mulher de trinta anos, e o cabrão ficou a marinar naquilo, porque desde o primeiro dia comigo devia andar com essa fisgada, o monólogo de uma gaja da minha idade, aquilo a que o mercado hoje chama os novos trinta, porque lhe dá jeito, cremes, e botox, e silicone, e o caralho, então o balzac de repente também dava jeito, lastro, e contexto, e densidade, e o caralho, imagino que tenha descarregado um pdf para ler pela calada, e agora ali estava em palco a dizer que tudo vinha do balzac, o embusteiro, patranheiro, trampolineiro, trapaceiro, falsário, farsante, charlatão que sete caralhos hão-de foder, um por cada sinónimo, e apostaria mais sete em como o cabrão nem teve consciência de que o belo marido carreirista da mulher de trinta anos do balzac era tão cheio de si e tão oco quanto ele, mas não fiquei para ouvir mais porra nenhuma, saí dando graças por estar numa ponta da plateia, e sabe-se lá como conduzi até carnide, e quando parei à porta tive um ataque de choro tal que pensei, preciso de ajuda, caralho, preciso de ajuda, e liguei à minha amiga no rio, e depois à minha melhor amiga, e acabei por atravessar outra vez a cidade para ir dormir a casa dela na sé, não me aconteceu muitas vezes na vida, pensar que não podia mesmo ficar sozinha, mas até às cinco da manhã, que foi quando adormeci, o cabrão do filho da puta não disse nada, nem uma mensagem, zero de zero de zero, que era quanto afinal eu valia, e no dia seguinte zero, até que ao fim da tarde chegou aquele *mail* a dizer que me tinha visto sair, que temera que isso acontecesse, que me tentara convencer a não ir, porque aquilo era só uma primeira versão, aquilo não estava pronto, aquilo era só teatro, e claro que ele não tinha a menor intenção de me magoar, que nunca ninguém saberia que eu era eu, que tinha pensado contar-me a meio mas ficara com medo depois da cena das fotografias, e depois durante a leitura torcera para que eu me focasse no texto enquanto texto, que além do mais o texto era uma homenagem a mim, e como ele me agradecia por aquele mês inesquecível, aquele mês tão intenso, aquele mês em que aprendera tanto, e como ele queria que ficássemos amigos, como ele queria que ficássemos amigos, como ele queria que ficássemos amigos, eu olhava para a superfície branca do ecrã e aquelas palavras estavam mesmo ali, em vez de todas as que faltavam, todas as que teriam feito diferença apesar de tudo, apesar do abuso, oh, sim, eu teria falado com ele, pelo menos explodido com ele, se ele não tivesse sido cada vez mais cabrão, primeiro o falso apaixonado que vai dar de frosques, depois o carteirista que usa a paixão para um fim, e finalmente o cobarde que finge que não houve paixão alguma, como tudo é fácil para um tal triatleta, ao fim de um mês tem um texto de carne-e-osso que sou eu, e se precisou de sair de lisboa para isso é porque não via o mistério que tinha ao lado, apenas a imagem melhorada de si mesmo, e portanto não lhe interessava a rapariga de trinta anos agora

três da manhã, foda-se

talvez escrever

capítulo XL

ATÉ AO TOUCINHO

Chega de amantes, amigos ou estranhos. Quero acabar de vez com o filho da puta, e que o sofrimento se aproveite até ao toucinho, como nas terras frias.

Por exemplo.

Quatro homens arrastam-no para um terreiro, onde o voltam de barriga para cima. O matador abre caminho, a faca é um espelho, o frio entra no pescoço. Ele contorce-se loucamente, urra, jorra, mas as mulheres já estão por baixo, aparando o sangue, quente, espumoso, de modo a que não se perca nem respingue. Vai dar bons chouriços, bons enchidos, morcela da melhor, e enquanto isso a vida nele extingue-se. Então, os homens abrem o corpo, vêem o que temem, como não querem morrer. Separam os lombos, os pernis, os chispes, as tripas que hão-de conter os enchidos depois de bem lavadas, o todo separado nas partes para ser fumado, fervido, cozinhado em caldeirões, ao longo do ano. Assim deve ser tratado um filho da puta e o seu retrato, o todo separado nas partes, para que ninguém o reconheça inteiro, como ele já não se reconheceria. E depois de comido ressuscitaria género desenhos animados, para de novo morrer, dessa vez na cruz, empalado até ao encéfalo de promissor artista.

Retrato do artista enquanto jovem cão: senta, quieto, dá a pata, isso, bonzinho, gosta de lamber, gosta, toma, vai buscar, salta, estica, deita, deita de barriga para baixo, isso, bonitinho.

Não. Porque um cão enrabá-lo já era um favor que lhe fazia.

Não. Porque nenhum cão deve ser molestado na feitura deste livro.

capítulo XLI

O OLHO DO LOUCO

Puta que pariu. A minha arqueóloga já nem se dirige aos seus dois leitores. Mais vale não haver arqueóloga e ser eu mesma a falar. De qualquer forma, por causa daquele cabrão já serei aquela de quem se dirá: não parecia capaz disto.

Uma mulher com uma dor é muito mais cortante. Pelo menos esta dor, pelo menos eu.

Em que ponto essa dor se confunde com falta de razão? Só nos loucos que já o eram? Os diagnosticados, como Lucia Joyce, tratada enquanto esquizofrénica por Carl Jung, internada trinta anos até morrer? Lucia Joyce no hospício: o que pensaria sobre Samuel Beckett? Porque se Nora Barnacle e James Joyce foram dois troncos, a filha de ambos foi a flor quebrada, aquela que acima de tudo quis Beckett, quando tudo o que Beckett queria era estar à altura do pai dela. É perturbante ver as fotografias de Beckett na altura em que se tornou assistente de Joyce: quase um seu sósia, os óculos, o cabelo. Beckett estava obcecado com a capacidade de Joyce dominar o mundo multiplicando-o, essa potência que acrescenta camadas ao texto em vez de o rarefazer, como era da natureza beckettiana. Lucia podia dançar como uma pós-Isadora Duncan ou ser a inspiração de Joyce em *Finnegan's Wake*, não bastou para Beckett querer ficar com ela. Estivesse a loucura já lá, ou não, o amor dele não estava. E ao colapso do romance seguiu-se aquele hospício que um visitante, muitos anos depois, descreveu como sinistro. Por acaso, esse visitante mencionou ter conhecido Beckett, e o que Lucia perguntou foi se ele tinha alguma mulher. Todos aqueles anos depois continuava apaixonada. Então, sim, com o calhamaço do *Ulisses* em cima da mesa, lápis pousado na última página, penso nela, a que nasceu Joyce e nunca foi Beckett, Lucia no hospício, ainda perguntando por ele.

O saque súbito que nos deixa sem ar, tipo bomba de vácuo, aproxima-nos do olho do louco. Sempre achei que o olho do louco podia ser meu, como sempre achei que um carro da polícia ia parar à minha porta para me levar, iam levar-me porque tinham descoberto tudo, iam-me levar porque eu não tinha solução. Porque eu era pior do que alguma vez ousaria confessar, nem ao lascivo que mora dentro de cada moralista, naquele alívio silencioso de alguém ser pior do que ele, isso de que se alimenta cada frase de Nelson Rodrigues. Sim, as minhas fantasias eram certamente as mais vis, as mais sem cura, sem sublimação. Não só o buraco era mais em baixo como eu própria tinha medo de olhar. Eu seria o ninho de ratos, a garra estendida, a sarjeta, porque a minha vida tinha ido embora, porque a nossa vida pode ir embora a qualquer momento.

Ainda assim, eu caminhava à superfície das águas. Um dia um homem viria. Um dia um homem viria com uma força viril, dobrando-me a espinha, dizendo que já sabia, que percebera tudo. E pronto. Não fazia mal eu não ter solução.

Não sei porque achei que esse homem seria aquele filho da puta.

O ímpeto de o matar é um extremo sexual, o ponto em que o desejo só pode ser satisfeito pela aniquilação. Quanto mais desejo mais fúria, num crescendo que no paroxismo é um soluço, duas lágrimas quentes, renovando a jura de cada vez.

capítulo XLII

A MELHOR VINGANÇA

Gosto de homens. Os homens são a imaturidade das mulheres, difícil não ficar refém deles. A casca de um homem é rija, a sua força, centrífuga, o seu movimento, a abrir. Ao longo dos séculos ele foi deixando de caçar e talvez agora se abandone à ambição satisfeita que lhe é natural, porque a insatisfação é toda centrípeta, feminina. O homem tem metas, faz golos de cabeça, pirâmides, trigonometria, age com a ousadia dos proactivos, a desfaçatez dos simples. Eis como, certo dia, lá no Levante, um homem resolveu escrever que a mulher foi tirada da costela de Adão. Já pensaram que, de facto, alguém escreveu isto pela primeira vez?

O homem antes do génesis, igual a peixe-ave-besta-réptil, antes que deus o faça presidir, e ainda tire dele uma mulher: não sou essa mulher.

Nelson Rodrigues queria a mulher doce e esposa e mãe, as peças dele são a derradeira salvação do casamento, incestos, estupros e adultérios em barda para que cada um expie os fantasmas. Pelos fantasmas me aproximo dele, só não uso crucifixo, e acredito que a dor fortalece para que a vida continue, patética, delirante, bruta. Foi assim que nas últimas semanas vivi todas as vidas de um carnaval, enquanto o cabrão do caubói certamente fumava ganzas, em *chill out* depois da criação do mundo.

Claro que uma mulher não mata por direitos de autor. Não é por ele ser gatuno que o quero matar, nem sequer por ser um gatuno medíocre, que com a gatunagem não faz nada novo, próprio, seu. Tudo isso me devia ter ajudado a desprezá-lo, porém a fúria não se detém a pensar em quem a merece, é um caminho paralelo ao desprezo. Se o desprezasse por ser medíocre não quereria matá-lo. Mas eu queria matá-lo porque afinal ele nunca me quis, e ainda fingiu que não era nada.

Nas últimas páginas de *Ulisses*, Molly Bloom está deitada ao lado de Leopold Bloom, o marido que não lhe toca há dez anos. Dois adúlteros numa cama de casal, como tantos, sendo que os homens tendem a dormir melhor. Leopold dorme, Molly fala sozinha, da infância ao amante em curso. É o monólogo mais célebre da história da literatura. E o ritmo, até a ausência de pontos e vírgulas, vem das cartas de Nora, a mulher de Joyce. Nora foi uma inspiração desde o primeiro passeio de ambos, a 16 de Junho de 1904, em que ela o masturbou. Atormentado pelo desejo, incluindo o desejo homossexual, Joyce desembocou nas mãos dela, e Nora não ser burguesa, intelectual, sua igual, era uma vantagem porque ele não queria o peso de um casamento que o roubasse aos livros. Ela era a mulher de que ele precisava, aquela que libertaria os demónios e, portanto, foi a mulher de que os livros precisaram. Que ele tarde ou nunca tenha sido o homem de que ela precisou é relevante para a biografia, mas não para os livros. Não haveria Molly Bloom sem Nora, mas só há o monólogo de Molly Bloom com Joyce, e tudo o que ele fez dos átomos e dos astros, dando-lhe a última palavra.

Para os índios tupi do século XVI, não se vingar de um inimigo representava a cobardia, a vergonha, a condenação a uma existência miserável na Terra. A vingança, não o canibalismo, era o ponto inegociável. No fim de tudo, trata-se de escolher a melhor vingança, que pode não coincidir com a morte.

Então: 1) Talvez, afinal, Nelson Rodrigues esteja certo e baste viver a fantasia de matar para esgotar o desejo. 2) Toda a violência das últimas semanas terá sido necessária, incluindo decidir escrever um livro. 3) Se a melhor vingança é a que nunca acaba, letal será deixar o caubói vivo. Não porque eu vá tomar Cristo como amante de domingo, mas porque nada pior para um vaidoso do que viver no medo de ser desmascarado.

A morte não lhe fica tão bem.

capítulo XLIII

THE END

De modo que, *kaput*, recomecemos. Vou apagar tudo menos a última página do livro, escrita desde a noite do caruncho, porque desde o princípio achei que no fim haveria um belo de um apache a despachar um monte de filhos da puta. Depois da matança, ele diria: perderam, caubóis. E caminharíamos para o pôr-do-sol em cima dos nossos fiéis alazões.

Afinal essa página era a primeira, portanto assim será.

Caminhamos para o pôr-do-sol em cima dos nossos fiéis alazões. Atrás de nós o céu está vermelho-sangue, aves de rapina sobrevoam a matança, redemoinhos de pó sobem no ar. À porta do *saloon*, Nelson Rodrigues fala de coiotes com Quentin Tarantino quando se aproxima Johnny Guitar, melancólico, a enrolar um cigarro. E então, pelo arco entre as pernas dele, avisto o filho da puta, dilacerado, exangue, já pitéu de abutres, mas ainda capaz de ver, quando eu me voltar pela última vez, que este dedo do meio é para ele.

Referências e agradecimentos

A biografia de Nelson Rodrigues mencionada ao longo do livro é, claro, *O anjo pornográfico*, de Ruy Castro (Companhia das Letras, São Paulo, 1992), uma obra-prima. Pôr a narradora a revê-la para uma imaginária edição em Portugal é estar a pedir que isso aconteça. O que de facto veio a acontecer, na editora Tinta da China.

O tradutor luso-brasileiro-irlandês do *Ulisses* referido no Capítulo XX também é imaginário, mas as frases citadas são da tradução do brasileiro Caetano Galindo, que me acompanha desde 2012, editada na Companhia das Letras. Entretanto, saiu a tradução do português Jorge Vaz de Carvalho na Relógio d'Água.

A canção do Capítulo I é *I've Got Your Number*, dos Elbow, que a musa carioca Letícia Novaes me enviou na véspera de eu começar a escrever. O samba do Capítulo XXXV é *Incompatibilidade de gênios*, de João Bosco & Aldir Blanc, que ouvi muito na versão de Clementina de Jesus, a par de *Linha do mar*, de Paulinho da Viola.

Traduzi os versos sumérios citados no Capítulo XXIV a partir de um excerto em inglês de *A Song of Inana and Dumuzid* (Black, J.A., Cunningham, G., Fluckiger-Hawker, E, Robson, E., and Zólyomi, G., The Electronic Text Corpus of Sumerian Literature (https://etcsl.orinst.ox.ac.uk/), Oxford 1998-).

A referência à vingança entre os tupi do século XVI vem da leitura de *A inconstância da alma selvagem*, de Eduardo Viveiros de Castro (Cosac & Naify, São Paulo, 2002).

A citação de *A mulher de trinta anos*, de Balzac, é da tradução de Paulo Neves (L&PM, Porto Alegre, 1998).

A edição de Machado de Assis citada é a que reúne num volume *Memórias póstumas de Brás Cubas*, *Quincas Borba* e *Dom Casmurro*, editada em 1998 pela L&PM.

Este romance, escrito em ritmo de folhetim nos meses de Agosto e Setembro de 2014, aos pés do Castelo de Montemor--o-Novo, teve dois leitores quase diários no Rio de Janeiro, Changuito e Maria Mendes. Pelas tantas variantes que leram, com paciência e dedicação, este livro é-lhes dedicado. Numa primeira versão, agradeço as sugestões de Kathleen Gomes e Tatiana Salem Levy. Na versão final, as leituras de Inês Rodrigues e Susana Moreira Marques. Ao longo de todo o processo, estou grata ao acompanhamento de Marta Bulhosa e Bárbara Bulhosa. Outros amigos foram presenças encorajadoras: João Paulo Feliciano, João Pina, Martim Ramos, Teresa Belo, Christiane Tassis, Alexandra Prado Coelho. E a minha irmã Susana, com o meu sobrinho Nuno recém-nascido, em visita. Pensei muito no que (e como) Vitor Silva Tavares editou ao longo de cinquenta anos. E na língua portuguesa de Maria Velho da Costa: tenho a sua borboleta comigo.

Este livro foi publicado pela Bazar do Tempo em dezembro de 2021, na cidade de São Sebastião do Rio de Janeiro, e impresso em papel Pólen Soft 80 g/m² na Eskenazi. No miolo, foram utilizadas as fontes Druk e Suisse Works.